이창준 장편소설

부코

www.booko.kr

민희는 한참을 침대 위에 누워서 꽃과 나비가 그려진 전등을 쳐다 보았다.

비현실적으로 전등에 그려진 꽃을 보면서 실제로도 저런 꽃이 있을까 하는 생각을 했다.

그녀는 결심이 선 듯, 침대에서 벌떡 일어나 가방을 집어 들었다.

그리고 가방에 진성이 그녀에게 주었던 알록달록한 편지들을 차례차례 집어넣었다.

편지는 방 안에 펼친다면 바닥을 가득 메울 정도로 많았으며, 편지 하나하나에 자필로 그녀의 주소가 쓰여 있었다.

민희는 가끔 그와 싸울 때나, 무언가 힘든 일이 있으면 그가 써준 편지를 보면서 위로를 받곤 했다.

편지를 피면 몇 년 전에 느낀 그의 감정들과 정성 들여 쓴 글씨가 빼곡히 적혀 있었고, 편지지의 맨 밑에 있는 날짜가 쓰인 시기를 말해 주었다.

민희는 편지들을 넣으며, 그가 군에 입대했을 때의 기억과 교회를 믿지 않는다는 이유로 그의 집에서 쫓겨났을 때, 그들의 기념일인 크리스마스를 앞두고 기대로 가득했던 기억이 새록새록 샘솟아 올랐다.

그렇지만 이제는 편지를 보고 있을 틈은 없었다.

그녀는 편지를 전부 가방에 넣었고 자리가 모자라자, 그렇게 소중히 보관했던 편지를 억지로 구겨 넣으려고 했다.

색깔별로 화려한 봉투들과 삐져나온 편지지들은 가방에 들어가는가 싶더니, 민희의 손에서 미끄러져 나와 방바닥에 '펄럭'거리는 소리를 내면서 떨어졌다.

그녀는 무표정으로 편지를 주우려고 하다가 떨어진 편지 한 장을 손에 들었다.

그리고 다시 가방에 넣으려다 진하게 힘주어 써져있는 글귀를 보고 손을 멈추었다.

'봄이건 여름이건 가을이건 겨울이건 밤이건 낮이건 항상 떠있는 구름처럼 항상 너를 사랑할게'

날짜는 2011년 11월 13일 이라고 쓰여 있었다.
진성이 그녀에게 처음 연애편지를 써준 때였다.
민희는 이 구절을 말하면서 그를 놀리곤 했다.
빈정거리듯이 말하면 그는 심히 부끄러워하며 편지를 다시 달라는 말을 했다.
읽기만 해도 부끄러워졌지만, 그녀는 이 구절을 상당히 좋아했다.
그가 첫 연애편지 때에 몇 번을 고심해선 쓴 글귀는 곧 떨어지는 물방울로 인해 잉크가 번져 갔다.
그녀는 어느 새 무릎을 꿇고 주저앉아서 손을 떨고 있었고, 편지를 구기듯이 잡아 가슴에 가져다 대었다.
그가 그녀에게 처음 써준 편지지는 구겨지고 잉크가 번져 엉망이 되어 있었다.
일주일 전, 2019년 6월 28일 강원도 일대에 큰 규모의 지진이 발생했다.
건물들은 금이 가고, 콘크리트 바닥은 쪼개졌으며, 산길은 산사태로 막혀버렸다고 했다.
그리고 장마철이 되어 그 황량해진 곳에 계속해서 비가 쏟아지고 있는 것이었다.
침대에 누워만 있던 그녀가 처음 그 뉴스를 들었을 때는 설마 하는 생각밖에 들지 않았다.
그 넓은 강원도에서 진성이 사는 곳이 무너지거나, 그가 다쳤을 확률은 희박하다고 생각했다.

그렇지만, 불안감에 전화를 건 그의 휴대폰에서 다시는 그의 목소리가 들리지 않았다.

그녀는 그를 찾아가 보아야 한다고 생각했다.

그렇지만, 민희는 방구석에서 나오지 않은 지 꽤 오랜 시간이 지나고 있었다.

그녀는 한 달 중 그를 만나러 강원도로 가는 몇 번을 제외하고는 거의 나오는 일이 없었다.

밥을 밖에서 사 먹은 지도 오래되었을 뿐더러, 창문 밖을 오가는 사람들조차 보기 싫었다.

그와 연락이 되지 않은지, 일주일이 다 되어 가고 있었다.

민희는 밖을 쳐다보았다.

밖에는 구름이 햇볕을 가렸는지, 정오를 막 지났을 뿐인데, 저녁이 다 되어 가는 것 같이 어두웠고, 사람들은 아무도 밖에 나오지 않았다.

곧 비가 쏟아질 것만 같았다.

연락이 두절된 그를 찾아야 했다.

적어도 강원도에 있는 주민들이 대피해 있다는 대피소 정도는 가 봐야 했다.

핸드폰을 충전하지 못해서 배터리가 다 되었어도, 공중전화라든지 다른 연락할 수단은 많았다.

그럼에도 지금까지 연락이 닿질 않는다는 것은 그에게 무슨 일이 생긴 것을 의미했다.

민희는 밖에 나가는 것이 무서웠다.

아파트 단지 내에 서 있는 나무들은 팔을 벌리고 그녀를 덮칠 것만 같았고, 비를 맞으면 얼마 가지 않아서 체온을 잃고 쓰러질 것만 같았다.

또한 사람들이 자신을 쳐다볼까 두려웠다.

사람이 조금이라도 많은 곳에 나가기만 하면 제발 아무도 자신을 쳐다보지 않았으면 좋겠다는 생각을 했다.

심장박동은 빨라지고 숨이 턱턱 막혀왔다.

하늘은 너무나 낮아 보였고, 모든 사람들이 자신이 무슨 행동을 할지 보고 있는 것 같았다.

처음부터 그런 심한 불안감에 시달리고 있었던 것은 아니었다.

24살이 되던 2019년의 봄, 그녀는 대학교 졸업장을 받고 지금까지 방 한구석에서 숨만 쉬는 송장같이 누워 있었다.

아무것도 즐겁지 않았다.

텔레비전에는 자신과 관련 없는 이야기들만 가득했고, 컴퓨터 앞에 앉아도 몇 시간 후면 시들해졌다.

아무것도 하지 않음은 습관이 되었으며 고착화되었다.

의무에 시달려 술을 먹지 못한 것을 떠올리며 술에 취해보고, 밖에 나가 산책을 해 보아도 아무것도 달라지지 않았다.

그녀의 책상 위에 올려진 졸업을 증명하는 쓸모없는 종이조각은 그녀에게 아무런 도움도 되지 못했다.

취업이 힘들다고 떠들어대는 신문과 인터넷의 말이 그제야 몸에 와 닿았다.

어제도 오늘도 내일도 그녀는 그대로일 것이었다.

말 그대로 방 한구석에서 관에 놓여 있는 시체처럼 썩어갔다.

민희는 차라리 자신에겐 관이 더 잘 어울리는 지도 모르겠는 생각을 했다.

그대로 자신 말고는 아무도 들어갈 수 없는 관에 들어가 아무도 모르게 죽을 때까지 숨 쉬면서 살고 싶었다.

자신에게 시체썩는 악취가 솟아오르는 것이 느껴졌다.

민희는 더 이상 거울을 보지도 않았다.

그녀는 하루하루가 똑같다는 생각이 들었다.

무엇을 열심히 하고 있을 때보다, 시간을 더디게 갔고, 하루는 길었다.

밤은 끝날 줄을 몰랐고 긴 밤은 그녀를 놓아줄 줄 몰랐다.

그녀는 매일 침대에서 이불을 뒤집어쓴 채 소리를 질렀다.

매일 챙겨 먹지 않으면 손이 덜덜 떨리던 안정제도 먹지 않아도 되었기 때문에 편했지만, 그녀의 마음은 온갖 세균들이 들끓어 썩어갔다.

그녀의 하늘은 나비와 꽃이 그려진 천장이었고, 몇 평 되지도 않는 방구석뿐이었다.

그런 민희에게 진성의 존재는 무엇보다 컸다.

의무감에 짓눌려 집에서 나가 돈을 버는 홀어머니와 달리, 그는 민희에게 아무런 것도 바라지 않았다.

그는 특별했다.

그는 그녀에게 특별한 그 무언가였고, 같이 살 사람이 있다면 그라고 생각했다.

자신은 다른 이와 어울리지 못하는 불량품이었다.

자연이었으면 도태되어 진작에 없어질 불량품이었다.

민희 자신은 사회적인 종이 아니었고, 덜 만들어진 개체였다.

그에게 자신을 녹여 완전하게 되지 않는다면 그녀는 언제까지고 불량품일 것이었다.

그녀 자신은 죽어가고 있었지만, 그와 함께 있으면, 살아가고 있다고 말할 수 있었다.

지금 그와 연락이 두절된 자신은 너무도 불안정하다는 것을 알고 있었다.

민희는 창밖을 쳐다보면서 그의 이름을 불렀지만, 그는 대답을 하지 않았다.

그녀의 입김으로 뿌옇게 변한 창문에 민희는 손가락으로 하트모양을 그었다.

뿌연 창문이 다시 투명해지면서 하트모양은 이내 사라져버렸다.

민희는 신발장에 처박혀 있던 우비를 꺼내었다.

우비는 검은색으로 투박했지만, 두꺼운 캠핑용 우비였다.

그러고는 신발장 한쪽에 자리 잡고 있는 공구상자 바로 옆에 있는 손전등을 꺼냈다.

손전등의 전원 버튼을 눌러 나오는 것을 확인한 그녀는 손전등을 가방 옆에 끼웠다.

마지막으로 크로스백에 집에 있던 과자들을 터지기 직전까지 잔뜩 쑤셔 넣었다.

그녀는 현관에서 불이 꺼져 있는 어두운 집안을 쳐다보았다.

문이 반쯤 열린 자신의 방이 시야의 오른쪽 끝에 보였다.

어머님은, 사랑하는 이를 잃은 어머님은 항상 오른쪽 방에서 진토되고 있는 자신의 방의 불을 보았을 것이었다.

매일같이 그 희미하게 방에서 새어나오는 불빛을 보았을 테고, 매일같이 한숨을 내쉬었을 것이다.

일이 고되었던 날은 한숨을 쉬면서, 다리가 뻐근하고 허리가 쑤시던 날도 그 절망으로 빛나는 불빛을 보았을 것이다.

그녀는 어머니가 느꼈을 슬픔을 생각하면서 문고리를 잡았다.

민희는 문고리를 잡고 밖으로 나간 지 3주 가까이 되고 있었다.

3주전에 그를 만난 것을 제외하면 어디에도 나가지 않은 상태였다.

그녀는 우산을 쓰고 싶지 않았기 때문에 우비를 입었다.

우비에서는 고약한 냄새가 올라왔지만, 자신에게 나는 악취가 더 역겹다고 느껴졌다.

진성이 없는 그녀는 죽어가고 있었다.

썩어서 악취를 사방으로 내뿜고 있었던 것이다.

그녀는 자신이 진성이 옆에 있어야 완전하다는 생각을 했다.

그가 있는 곳도 정확히 모르고, 갈라진 틈 사이로 빠져 죽을 때까지 강원도를 전부 뒤져도 못 찾을 수도 있다는 것을 알았다.

그렇지만, 하지만 그녀는 불완전한 존재였다.

도태될 종이었고 그의 원 안에서 살 수 없는 존재가 되어있었다.

그가 주었던 관심, 사랑 열정과 격정적 감정의 소용돌이 안에서 그는 살아가고 있었던 것이었다.

그는 그의 왕이었다.

그는 그녀의 심판이며, 속삭이는 악마였다.

그는 그 무엇이었다.

그는 그녀에게 행복과 평온과 안식을 주는 그리스도였다.

그는 성경이며, 악의 군세였다.

그는 항상 그녀에게 악마의 말로 사랑한다고 속삭이고 천사의 음성으로 위로를 말하였다.

그가 옆에 있으면 그녀는 날아올랐다.

그녀는 그의 옆에서는 단 한 순간도 죽어 있는 적이 없었다.

그녀는 그렇게 살아 있었다.

그의 옆에서 그녀는 거룩하신 그의 말씀 아래에 살아 있었다.

그녀는 자신이 사는 세상을 찾아야 했다.

그렇기에 현관문의 날카롭고 차가운 손잡이를 돌렸다.

손잡이는 '덜컹'하면서 그녀를 반기듯이 아주 손쉽게 열리었다.

밖의 공기를 맡자마자 그녀는 눅눅하게 습기가 차 있다는 것을 알았다.

그녀는 오랜만의 외출에 자신의 약을 가지고 오지 않은 것을 깨달았다.

민희는 당황하며 자신의 뒤를 돌아보았다.

문고리는 너무나 멀리 있었다.

문 앞으로 몇 발짝 걸어왔을 뿐인데 문고리는 저 멀리 멀어져, 멀리 있는 산등성이를 보는 것 같았다.

그녀는 짧게 신음을 내뱉고는 손잡이를 돌리었다.

손잡이는 열 때와 달리 아무리 애를 써도 돌아가지 않았다.

그녀는 손에 힘을 주고 손잡이를 당겼고, 거의 애걸복걸하면서 손잡이를 잡고 춤추었다.

손잡이는 당겨질 생각을 하지 않았다.

썩어가던 그녀를 가려주던 현관문은 너무나 커다란 느낌이 들었고, 문이 열리자마자 그녀는 쓰러지듯이 현관으로 고꾸라졌다.

그녀는 진성을 찾으러 갈 수 없을 것 같았다.

밖으로 나가 한 발자국을 떼면 열 발자국을 걸어야 돌아올 수 있을 것 같았다.

매번 하루에 한번씩 이 굳게 닫힌 문을 통과해 다시 돌아오는 그녀의 홀어머니가 대단하다는 생각을 했다.

자신도 침대 위에 썩어서 악취를 풍기기 전에는 매번 문을 넘어갔을 것이었다.

다시는 밖에 있는 끔찍한 공기를 마시고 싶지 않았다.

그녀는 현관문에 기대어 무릎을 가슴까지 올리고 주저앉아 울었다. 마치 무리에서 버려진 개체가 발악을 하듯이 말이다.

그녀는 희미한 불이 새어나오고 있는 자신의 방으로 기어들어가 나뒹굴고 있던 약을 주머니에 거칠게 쑤셔 넣었다.

그녀는 엎드린 상태로 뒤에 있는 문을 쳐다보았다.

그리고는 다시 천천히 기어 현관문으로 다가갔다.

중간에 멈춘다면 다시는 움직이지 못할 것 같았다.

그리고는 다시 그 육중한 관 뚜껑을 열어 밖의 공기를 마시었다.

숨을 쉬지 않는 사체가 드디어 밖으로 나왔다.

엘리베이터의 호출 버튼을 누르고 그 안에 아무도 타고 있지 않기를 바랬다.

그리고 그녀의 바람대로 텅 빈 엘리베이터가 그녀를 옮기기 위해 올라왔고, 지상으로 내려갈 수 있었다.

엘리베이터의 양옆에 설치되어 있는 거울이 가방을 메고 검은 우비를 눌러쓰고 있는 그녀의 모습을 비추었고, 민희는 그 모습을 보고 싶지 않아서 고개를 밑으로 숙였다.

옆으로 슬쩍 보이는 거울에는 너덜너덜한 우비를 입은 어떤 이가 죽은 듯이 바닥을 내려다보고 있었다.

엘리베이터의 문이 열리자마자 민희는 도망치듯 거울을 피해 달아났다.

아파트에서 밖을 쳐다볼 때는 몰랐지만, 내려와서 보니 비가 땅을 마구 쳐대고 있다는 사실을 알았다.

빗줄기는 매정했고, 화단에 꽃피운 식물들과 흙에 무자비하게 내리쳤다.

한여름의 습기가 가득한 공기가 그녀를 맞이하였다.

그녀는 먼지가 잔뜩 묻은 우비의 모자를 쓰고 밖으로 걸어 나갔다.

탁 트인 시야를 보는 것은 오랜만의 일이었다.

민희는 우산을 들고 걸어가는 사람들 사이로 들어가 시외버스터미널로 걸어가기 시작했다.

곳곳에 있는 웅덩이를 밟을 때마다 '첨벙' 소리를 내면서 그녀의 신발을 어김없이 적시었다.

비는 주차되어 있는 차들과 거치대에 세워져 있는 자전거, 그리고 콘크리트 길에 사정없이 떨어졌다.

그녀는 버스를 타는 법을 모른다.

운동부족으로 조금만 걸어도 다리가 후들거릴 테지만, 날 더 이상 썩지 않게 해줄 이를 찾아 나서야 했다.

다양한 차림의 낯선 사람들은 우산을 위로 들어 빗길을 뚫으며, 어딘가로 급하게 걸어가고 있었다.

사람들 사이에 고개를 숙이며 지나가면서도 그녀는 시야가 흔들리는 것이 느껴졌다.

그녀의 자폐증 증세가 올라오고 있었다.

민희는 이제 조금 후면 사물이 녹아내릴 것을 알았다.

이윽고, 형형색색 우산을 올리고 가는 사람들이 녹아내리기 시작했다.

비도 녹아 흘렀고, 건물도, 지금 자신이 걷는 콘크리트 길도 녹아 흘렀다.

그녀는 속으로 제발 그만 했으면 좋겠다고 소리를 질렀다.

숨이 점점 막혀왔다.

자신의 목구멍도 녹아 흘러 숨을 쉴 수 없을 것 같았다.

민희는 휘청이며 골목으로 들어가 벽을 잡고 주저 앉아 주머니에 넣어 둔 약을 꺼냈다.

다시는 먹기 싫었던 약을 목구멍으로 삼키고 나서야 사물들은 더 이상 녹지 않았다.

그가 없는 곳에서 녹으면 안 되었다.

약을 먹지 않으면 사물들은 녹아서 물처럼 줄줄 흐를 것이었고, 곧 이어 자기 자신도 빗줄기에 녹아 버릴 것이었다.

그녀는 숨을 몰아쉬면서 비가 떨어지는 하늘을 보았다.

건물 때문에 조그만 틈으로 보이는 하늘에서 미친 듯이 비가 쏟아졌다.

그녀의 우비는 이미 다 젖어 있었고, 가방에 편지가 젖었는지 확인하고 싶었지만, 여기에서 편지를 확인했다가는 편지가 다 젖어버릴 것만 같았다.

그녀는 다시 발을 옮겼고, 골목은 그녀를 놓아주었다.

에어컨의 실외기들이 덕지덕지 붙은 비가 떨어지는 골목이 저 멀리 멀어졌다.

민희는 사람이 많은 곳에 가면, 모든 것들이 녹아내리는 자폐증 증세를 보았다.

초현실주의 화가 살바도르 달리의 그림처럼 시계도 사람들도, 거리도, 상가들도 그녀의 몸도 녹아서 흘러내렸다.

소리를 지르는 그녀의 입마저 흘러내리고 나면, 알 수 없는 정적이 찾아왔다.

그녀는 그 정적이 너무나도 싫었다.

아무리 말을 하려고 애써도 그 녹아버린 것들과 함께 뒤섞여 아무런 말도 하지 못했으니까 말이다.

그녀는 숨을 몰아쉬면서 걸음을 옮겼다.

약의 효과 때문인지 온몸이 나른했다.

비가 우비를 때리는지도 알 수가 없었다.

버스터미널이 어느 쪽 방향이었는지도 기억이 나질 않았다.

저 앞에 보이는 대학교에 다닐 때 자주 들렸던 편의점을 보고 나서야 자신이 잘못된 방향으로 가고 있다는 것을 알고 방향을 틀었다.

그녀는 당장이라도 사람들로 북적대고 있는 거리에서 소리를 지르고 싶었다.

우비 사이로 들어온 빗물이 그녀를 적시고 있는 것을 느끼자, 그녀는 당장 우비와 옷을 벗고 다시 관으로 들어가 이불을 덮고 쉬고 싶었다.

자신의 무덤에 꽃을 가져와 줄 이는 없어도 좋았다.

지금 자신에게 필요한 것은 휴식이었다.

그녀는 자신의 몸 상태를 체크한 결과를 외면하고, 터미널을 향해 걸었다.

터미널은 민희의 아파트에서 20분 정도 되는 거리였고, 그녀가 걸은 지 얼마 되지 않아서 터미널 앞에 도착했다.

벌써부터 발이 아팠고 축축한 옷 때문에 불쾌감이 느껴졌으며 피로에 눈이 감겼다.

터미널 안에 들어갔을 때 그녀는 입을 막았다.

수많은 사람들이 풍겨대는 시체냄새를 맡고 고개를 돌렸지만, 건물 자체에 악취가 배여 있었기 때문에 아무런 소용이 없었다.

민희는 크게 재치기를 몇 번 하고 코를 막은 채 매표소로 걸어갔다.

터미널 안은 사람들이 들고 온 우산에서 떨어진 물과 미끄러지지 않기 위해 놓인 박스를 부셔놓은 것들로 뒤엉켜 있었다.

그녀는 매표소에 있는 중년의 여자에게 눈길도 주지 않은 채로 바닥을 내려다보며 말했다.

"...화 ...천... 화천... 이... 요"

자신이 처음 말한 소리가 잘 들리지 않는다는 생각에 그녀는 두 번째 행선지를 말할 때 더 소리를 높여 말했고, 자신의 소리가 터미널 건물 안을 쩌렁쩌렁 울리는 느낌이 들었다.

그녀는 그렇게 말하고는 놀라며 눈을 크게 뜨고 입을 막아버렸고, 중년의 터미널 직원을 쳐다보았다.

직원은 짜증난다는 듯이 인상을 쓰면서 손을 내밀었고, 민희는 손을 덜덜 떨면서 등에 매고 있는 가방을 앞으로 돌려 매어 지갑을 꺼냈다.

민희가 건네 준 카드를 낚아챈 매표소 직원은 잠시 멈칫하더니 그녀에게 물었다.

"이 노선, 도착해도 터미널 밖에 못 나가요..."

민희는 대답 대신 고개를 끄덕였고, 매표소 직원은 뭐라고 더 말을 하려다가 귀찮다는 듯이 상을 찌푸리고는 표와 함께 신용카드를 주었다.

민희는 그녀에게 받은 카드와 표를 지갑에 넣고 핸드폰을 켜서 시계를 보았다.

시계는 2시를 조금 넘은 시간을 표시하고 있었고, 앞으로 몇 분 후면 버스를 타야 했다.

비가 우비 사이로 들어와 옷이 젖었기 때문에 7월이 다 되어감에도 불구하고 몸이 차가웠다.

그녀는 다리가 떨려서 의자에 앉고 싶었지만, 누군지도 모른 사람이 앉았을 곳에 앉는다고 생각하니 그 생각으로도 몸이 떨려왔다.

많은 이들이 승강장에서 버스를 타러 올라갔고, 그들 모두 누군가를 만나러 가는 것이라고 생각하니 그녀는 조바심이 났다.

손을 떨고 있던 민희는 가방을 열어서 편지가 젖지 않았는지 확인함과 동시에 연두색 편지봉투를 꺼내 들었다.

연두색 편지통투와 그 안에서 나온 편지지는 그녀가 계속해서 꺼내 보았기 때문에, 이미 너덜너덜해져 있었다.

그녀는 숨죽이고 편지에 집중해 읽어 내려갔다.

"안녕 나의 미니, 요즘은 뭐 하고 지내? 집에 있으면서 내 생각은 나는 거야? 내가 강사 일을 해서 주말에 같이 못 놀아서 미안해, 힘든 때지만 우리 같이 이겨내자. 그리고 전에 서울에 갈 일이 있었는데 못 들렸어, 일이 너무 바빠서 생각을 못 했나 봐, 다음에 봐"

그 편지는 그가 평소에 써 준 편지에 비해 한참 짧았다.

또한 1년 전에 그가 일을 시작할 때쯤 써준 마지막 편지였으며, 그 무렵이 되자 편지가 점점 성의 없게 변하였다.

이제는 기념일이나 화이트데이가 와도 바쁘다는 핑계로 편지 한 통도 써주지 않고 있었다.

내용이 중요한 것은 아니었다.

진성에게 편지를 받는 것 자체가 기쁘고 설레었지만, 올해 여름이 되자 그런 기쁨도 느낄 수가 없었다.

아마도 그 때부터 그녀에 대한 감정과 열정이 점점 어디론가 사라져 가고 있었을 것이었다는 생각을 했다.

민희는 항상 그가 써준 마지막 편지를 바라보면서 항상 이 편지가 이어지지 않을까 생각했다.

불행하게도, 그런 일은 일어나지 않았다.

그렇다고 해서, 진성이 티가 날 정도로 그녀한테 소홀히 대한 것은 아니었다.

한 달에 몇 번 만나지만 그녀를 보자마자 품에 안았고, 사랑으로 볼을 어루만져 주었으며, 길을 걷고 있으면 항상 손을 잡아 주었다.

그리고 그녀가 무슨 말을 하든지 꺼지지 않는 미소로 화답해주었다.

진성을 만날 때마다 다시 그에게 첫눈에 반했던 것이었다.

생각해보면, 민희는 그의 한 달 중 3일도 안 되는 시간의 그를 알고 있을 뿐이었다.

자신을 만나지 않는 시간의 그는 어떨까 하는 생각을 했다.

터미널의 중앙에 걸려 있는 큰 전자시계가 2시 7분을 표시하고 있었고, 민희는 연두색 편지를 다른 편지 사이에 조심스럽게 끼워둔 후, 버스에 올랐다.

버스에는 아무도 타 있지 않았다.

올라타자마자, 습기가 잔뜩 찬 냄새가 코를 찔렀고, 민희는 숨을 고르고 안쪽으로 들어갔다.

민희는 운전석 쪽 중앙 자리에 앉았고, 앉자마자 안전벨트를 매었다.

그의 어머니는 항상 그녀에게 말했다.

버스에서 사고가 나면 운전사가 본능적으로 조수석 쪽으로 핸들을 꺾기 때문에, 반대편이 가장 위험하고 그다음으로 위험한 쪽이 버스의 앞과 뒤라고 말이다.

그렇기 때문에 늙고 병든 그녀의 홀어머니는 그녀와 함께 버스를 타고 어디에 갈 때면 운전석 쪽 중앙쯤에 탔다.

민희는 사고가 나는 것은 무작위이고, 버스 안에 있는 이들 중 아무나 죽을 수 있다는 것을 알았지만, 계속해서 노모의 말이 생각나 운전석 쪽 중앙에 앉는 것이었다.

당연히 아무도 타지 않을 것이라고 생각했는지, 버스기사는 의아하다는 눈빛으로 그녀를 쳐다보았다.

그리고 버스에 올라가는 그녀를 따라 들어와 표를 확인하고 내려가 담배를 몇 개비 태웠다.

민희를 힐끔힐끔 쳐다보고 동료 운전기사들과 뭐라고 이야기하는 것 같더니 담배꽁초를 밟아 끄고 운전석으로 올라갔다.

정확히 버스 위 시계가 2시 10분이 되자마자 버스는 출발했으며, 비가 오는 날이어서 그런지, 빈속이어서 그런지 그녀는 멀미가 났다.

감기 기운도 조금 있는 것 같고 약 기운도 있었기 때문에 더 컨디션이 좋지 않은 것이 느껴졌다.

젖은 우비는 자신의 옆 자리에 접어서 대충 던져두었다.

자신의 옆자리에 있는 안전벨트는 고장 나 있었고, 낡은 시트는 여기저기 벗겨져 있었다.

그리고 또한 버스 안에서도 역시 역겨운 시체냄새가 진동했다.

강원도 화천에 도착하는 것은 대략 두 시간 후였고, 비까지 와서 어림잡아 2시간 30분은 걸릴 것이었다.

게다가 주변에는 지진의 여파로 도로가 여기저기 갈라져 있을 것이기 때문에 평소보다 더 오랜 시간이 걸릴 것이다.

차와 나무들이 지나쳐가는 유리창은 뿌옇게 변해서 안개 속을 지나가는 것 같은 느낌을 주었다.

그리고 그 유리창을 비가 이리저리 치대어 달라붙고 있었다.

햇볕은 단 한줌도 나지 않았고, 어둑어둑해진 풍경이 버스를 덮어가고 있었다.

반대쪽에서 오는 차량은 많지만, 버스가 가고 있는 쪽으로 가고 있는 차량은 없었다.

지진으로 여기저기 갈라진 곳으로 가려는 이들이 없는 것은 당연했다.

역겨운 시취 속에서도 그녀는 눈을 감았다.

아마도 우비를 입어 가렸던 자신의 몸에서 나는 냄새가 더 역겨우리라 생각했다.

시트에 머리를 대고 자기는 싫었으나, 몸이 너무 피로했기 때문에 불가항력으로 머리를 시트에 기대었다.

진성과 민희는 같은 고등학교에서 학창시절을 보냈다.

당시에도 그녀는 타인에 대한 알 수 없는 불안감과 혐오감으로, 사회성이 결여된 종으로서 무리에서 버려져 있었다.

민희는 학교 뒤편의 산책길을 산책하는 것을 좋아했다.

그녀와 진성이 만난 산책길은 학교와 울타리 사이의 좁은 공간에 수십 그루의 나무가 옹기종기 모여서 건물을 둘러싸고 있는 공간이었다.

교장 선생님은 항상 산책길이 자랑할 만한 것이라는 말씀을 하셨다.

공부에 눌리고, 학교에 있는 시간에 아무런 흥미도 느끼지 못하는 이들은 산책길을 밟지 않았다.

그녀만이 고고하게 물려받아 소매가 긴 와이셔츠와 긴 치마를 입고 산책길 주위를 맴돌았다.

산책길에 가꾸어진 꽃과 가지치기가 되어 있는 소나무와 몇 개 없는 운동기구, 소강당 밑을 돌면서 그녀는 자신의 처지를 한탄하며 자신의 처지와 아무도 찾아오지 않는 산책길이 똑같다는 생각을 했다.

나중에 알게 된 사실이지만, 그렇게 산책을 하고 있던 그녀를 진성은 학교 창문에서 내려다보고 있었던 것이었다.

진성은 쉬는 시간이든 점심시간이든 창밖만을 바라보았다.

산책길을 돌고 있는 이들은 선생이 아니면 그녀밖에 없었기 때문에 진성은 누군가 지나갈 때까지 산책로에서 눈을 떼지 않았다.

얼마 지나지 않아, 산책길을 지나가던 그녀가 눈에 띄면 그는 희열을 느꼈다.

그리고 저 멀리 걷고 있는 민희의 성격을 상상해보곤 했다.

아무런 표정을 짓지 않는 그녀는 무슨 일이 있어도 웃지 않는 걸까 하는 생각을 했다.

당장 산책길로 내려가서 혼자만의 시간을 즐기고 있는 그녀에게 말을 걸어보고 싶었다.

큰 눈동자로 자신을 쳐다보면서 어떤 목소리로 말을 할지 너무도 궁금했다.

잘 빗지 않아서 여기저기 내려온 엉망이 된 긴 머리와 특유의 걸음걸이로 걷는 것까지 그는 창가에서 그녀를 늘 관찰했다.

그녀는 그의 피사체였고, 그는 사진사였다.

민희의 모습을, 앞에 오는 자전거를 위태롭게 피하는 것을, 누군가가 그녀에게 돌멩이를 던지는 것을 필사적으로 눈에 담고 있었다.

그리고 어느 날 버려졌지만, 아름다운 산책로 자체였던 그녀에게 시를 건네었다.

산책로

언제부터였을까요, 산책로를 거닐던 제가 귀를 쫑긋 세우고 그녀의
발소리를 찾고 있던 것은

언제부터였을까요, 기분 좋은 바람결보다 먼저 그녀와 스쳐 지나가
길 원했던 것은

언제부터였을까요, 자기들의 모습을 한껏 뽐내며 우쭐거리는 나무
들보다 먼저 그녀의 작은
그림자를 보길 원했던 것은

저 멀리 보이는 그녀의 가녀린 체구, 약간 긴 와이셔츠가 귀여운
그녀의 목소리가
공기를 타고 제 귀를 진동시킬 때 저는 당장에라도 그녀 앞에 달
려가고 싶은 강렬한
충동을 받습니다.

500m 밖에서도 알 수 있는 그녀의 색조가 제 시야를 빼앗을 땐 저는 그날
그녀 생각밖에 하지 못합니다.

아주 오래도록 지켜보았던 산책로의 그녀의 모습은 산책로를 아름답게 수놓음으로서
비로써 산책로를 완전하게 합니다.

그녀의 반짝이는 입술, 빠져 버릴 것 같은 눈동자, 사랑스럽게 말린 머리카락이 없다면
저의 산책로는 더 이상 제가 감탄했던 산책로가 아닙니다.

오늘도 역시 저는 기다립니다. 그 어떤 나무보다도 아름답고, 그 어떤 바람결보다 부드럽고,
그 어떤 꽃보다 싱그러운, 그 어떤 자연보다도 예쁜 그녀의 모습을...
기다리고, 또, 기다립니다.

시로 인해 민희는 진성의 존재를 알게 되었고, 그녀는 산책을 하던 도중에 학교 위 창문을 올려다보게 되었다.
진성이 갑자기 산책을 하던 자기 앞에 나타났을 때는 두렵고 온몸이 떨렸지만, 그는 자신이 더 수줍은 듯이 시만 주고 사라져 버렸다.
민희는 자신에게 시를 주고 간 이의 모습조차 제대로 보지 못했지만, 자신에게서 갑작스레 사라진 그에게 흥미가 갔다.
민희는 아주 오래전부터 진성이 자신이 산책하는 모습을 보고 있었다는 것을 알았다.

그렇지만 소름이 돋거나, 그를 멀리하고 싶은 마음이 들지 않았다.

오히려 자기와 같은 무언가의 동질감이 느껴졌다.

그녀도 학교 내에서 몰래 진성을 지켜보았고, 예상과는 달리 그는 대인관계가 넓었다.

사실 그는 도태되어야 할 종이 아니었다.

그 사실을 알고 나서 민희는 엄청난 혼란에 빠졌다.

자신에게 관심을 가져주는 이에게 느낀 동질감은 거짓이었다.

진성은 주류였다.

그리고 그는 계속해서 민희의 옆에 나타나 편지를 건네었다.

그녀는 그의 얼굴조차 쳐다보지 않았지만, 정성껏 쓰여 있는 편지는 불량품인 그녀의 마음을 움직였다.

진성은 그녀의 마음을 여타 다른 이들보다 얻기 힘들다는 것을 본능적으로 알았다.

민희는 둘만의 작은 사회에 들어왔고, 그 작은 왕국에서 그는 왕처럼 군림했다.

그녀는 서서히 그에게 녹았다.

그의 존재는 절대적이었다.

그는 절대악이었으며, 쉼 없이 돌고 있는 축이 되어갔다.

그의 마음대로 민희는 돌고 있었고, 결국 그의 앞에 무릎을 꿇게 되었다.

보통 작가들은 투사체를 보면서 그 투사체의 성질을 상상한다.

그리고 자신이 오랫동안 관찰한 그 투사체의 성격이나 내면을 자기 멋대로 판단하고, 이해했다고 생각한다.

시간이 지날수록 진성은 그녀를 완전히 이해했다는 생각을 했다.

1년이 지나서 그녀의 성격을 알았고, 3년이 지나자 그녀의 버릇을 알았고 5년이 지나자 그녀의 생각하는 방식을 알았고, 7년 반이 지난 지금에는 그녀가 행동을 예측할 수 있다고까지 생각했다.

그렇지만 그것은 그의 오산이었다.

그와 같이 하는 날이 많아질수록 울타리 밖에서 춤추고 있던 민희는 수없이 많은 성격을 보여주었고, 왕을 보필하면서 병들어갔다.

그리고 그 병든 몸에서 풍기는 악취가 점점 강해지자, 그는 충신을 점점 마음속에서 밀어내고 있는 것이었다.

가까워졌다가 다시 멀어지는 것이 사랑의 본질인지도 모른다.

민희는 진성이 점점 그녀에게서 눈을 돌리는 것을 알고 있었다.

그렇지만 그 사실을 외면하고 싶었다.

다른 악마의 품에 안기는 것은 상상도 할 수 없었다.

그녀의 마음을 파고들어 옥죄어 어디도 갈 수 없을 정도로 꽁꽁 묶어 놓은 것은 그밖에 없었다.

그녀는 그에게 참패하고 말았다.

고개를 돌리는 왕의 마음을 다시 되돌릴 방법이 없는 것을 알게 된 것이다.

봄에 대학을 졸업하고 집에 갇혀 우울증이 점점 심해지자, 그녀는 더 이상 진성에게 매혹적으로 보이지 않았다.

그저 키우던 어항에서 배를 뒤집고 죽어 있는 물고기와 같이 어항 채로 내다버려도 상관없는 존재가 되어간 것이다.

강원도의 산길을 따라 몸이 급격하게 쏠렸기 때문에 민희의 고개가 떨어지면서 잠에 깨어났다.

버스는 여기저기 갈라져 울퉁불퉁한 도로와 빗물에 미끄러지면서 위태롭게 화천으로 향하고 있었다.

유리창을 두드리는 빗줄기는 약해질 줄을 몰랐다.

창 밖에 있는 바위와 나무들은 모두 흠뻑 젖어서 질투의 눈으로 그녀를 바라보았다.

진성이 살고 있는 화천에 도착할 때까지 비가 그치지 않으면 비를 맞으며 그를 찾으러 가야할 판이었다.

민희는 비가 멈추기길 기도했다.

진성이 어딘가에 갇혀 벌벌 떨고 있는 것은 아닐까하는 생각이 들었다.

그 생각에 조바심이 나서 괜히 긴장이 되었지만, 그의 집에 찾아간 후에 그가 집에 없다면, 뾰족한 수가 있는 것도 아니었다.

민희는 그가 돌무더기에 갇혀 있더라도 그의 집에 있기를 바랬다.

버스 창밖으로 보이는 수풀과 가드레일은 비를 맞고 그녀처럼 서서히 녹아가고 있었다.

갈라진 도로를 지나며 흔들리는 버스 안은 7월임에도 겨울과 같이 차가웠다.

민희는 날씨가 험할 줄 알고 긴팔 옷을 챙겨 왔지만, 강원도의 산 속에서 나오는 한기를 온전히 다 막아주지 못하였다.

'다음 정류장은 화천 공용터미널입니다.'

버스 안에서 잠시 후 화천에 도착한다는 안내방송이 울려 퍼졌고, 저 멀리 화천을 두르고 흐르고 있는 강이 보였다.

계속해서 온 비로 강물은 보통의 수위를 우습게 넘고 있었다.

넘실거리는 흙탕물은 무엇이든지 다 집어삼킬 것 같이 나부댔다.

민희는 멍한 표정으로 화천의 넘실거리는 바다를 쳐다보았다.

버스가 산길을 따라 움직여 갈수록 저 멀리 작은 건물들의 섬이 보였다.

지진이 강원도를 쓸고 넘어갔지만, 멀리서 보기에는 다른 건물들과 다를 바 없어 보였다.

민희는 화천에 오는 것이 처음이었다.

지금껏 진성이 그녀를 보기 위해 내려왔을 뿐, 민희가 그를 찾아 올라간 적이 없었다.

한 번쯤은 올라가 볼 걸 하고 후회했지만, 심각한 자폐증이 있는 자신이 갑작스레 낯선 곳에 가는 것은 무리였을 거라는 생각에 기분이 더 착잡해졌다.

이 낯선 곳에 내리면, 몇 발자국도 가지 못해서 누군가에게 잡힐 것만 같았다.

또한 버스에서 내린 그녀를 노려보고 있던 누군가가 다가와 말을 걸 것 같았다.

그런 생각을 하자 등 뒤에서 식은땀이 흐르는 것이 느껴졌다.

버스에서 내리는 것이 죽을 만큼 싫었다.

버스가 코앞에 도착한 지금이라도, 도로가 갈라져서 들어갈 수 없다고 말하며 돌아갔으면 좋겠다는 생각을 했다.

민희의 시야는 또다시 흐려지기 시작했다.

버스 좌석이 춤을 추며 녹았다.

바로 앞에서 열심히 핸들을 돌리며 산길을 따라가는 버스 기사한테 도움을 요청하고 싶었다.

그녀를 녹여줄 누군가가 필요했다.

민희는 주변을 둘러보았고, 작은 버스 안에 아무도 없다는 것을 알았다.

지금껏 우울증으로 죽어 가고 있을 때 따뜻하게 감싸준 그의 온기가 생각났다.

민희는 힘없이 그의 이름을 불렀다.

심한 자폐증 증세로 민희가 죽어갈 때면, 진성은 소극적인 성격과는 다르게 다가와 포근하게 그녀를 녹여주었다.

무심한듯하면서, 온기가 전해오는 가슴에 안겨서 주변에 있는 모든 것들 대신에 자신을 녹였다.

둘은 같은 대학에 갔지만 1학년 때, 진성은 강원도로 이사를 갔다.

그렇지만, 그는 대학 근처에서 하숙생활을 했고, 대학생활 내내 둘은 함께였다.

둘은 함께 녹아 흘렀다.

녹아서 소나무가 아름다운 대학교 캠퍼스와 함께 흘렀다.

그때까지 느꼈던, 도태되고 있다는 불안과 공포, 개체에서 떨어진 불량품이라는 죄책감 안에서 썩어가던 그녀를 안아주었다.

대학4년 내내 같이 걸었던 맑고 흐린 하늘, 계절이 바뀌면서 전해오는 꽃향기와 한기 그리고 다시 한 번 떨어졌던 낙엽과 추억과 격정과 시도와 그 때 가졌던 모든 감정을 함께 나누었다.

썩어가던 그녀는 새로운 찬송을 들으며 썩어가는 것을 멈추었고, 캠퍼스의 긴 갈색의자에 그와 함께 앉아 세상 속에서 더 이상 자신을 가두지 않았다.

그때까지만 해도 자신은 그를 만나기 위해 태어났다고 생각하고 있었다.

그 고통과 역겨움, 개체에의 환원에 대한 강요와 실패로 인한 서러움은 더 이상 느끼지 않게 되었다.

물론 동기들은 전혀 그녀를 녹여 주지 못했기 때문에, 민희는 그가 없으면 늘 홀로 있었다.

반면 그는 그녀를 제외한 다른 이들도 녹여줄 수 있는 사람이었다.

그의 주변에는 항상 다른 이들이 녹으러 끌려 들어왔고, 그는 항상 그들과 함께 녹아 흘렀다.

민희는 처음에 그것을 받아들이고 싶지 않았다.

자신은 진성의 손길에서만 녹을 수 있었던 반면, 그는 그렇지 않다는 것은 고등학교 시절, 그와 같은 동질감을 공유하지 않는다는 사실과의 연장선이었다.

그 사실을 서서히 눈치 채게 된 이후로는 그와 함께 있음에도 불안과 공포가 스멀스멀 기어올랐다.

그리고 조금씩 그녀의 눈은 주변의 사물을 아무렇게나 녹여대기 시작했다.

끊었던 안정제도 다시 먹게 되었고, 그녀의 하늘은 늘 어두웠다.

진성이 원망스러웠다.

민희는 사랑은, 누굴 녹인다는 것은, 옆에서 평생을 함께할 상대 이외에 타인에게 정성을 쏟으면 안 된다고 생각하고 있었다.

진성은 지쳐갔다.

졸업이 다가올수록 점점 서로에게 말이 없어지고, 시체 썩는 악취가 나기 시작한 그녀에게서 멀어져 갔다.

그것이 사랑의 본질이었다.

진성은 처음에는 그녀를 무한한 사랑으로 안아줄 수 있다고 생각했다.

민희가 자폐증이 있다는 사실도 알고 있었고, 일상생활을 하지 못할 정도로 상태가 많이 좋지 않다는 사실도 알고 있었다.

민희는 타인과 어울릴 수 없었기 때문에 항상 시간이 남아돌면, 중앙에 있는 연못 의자에 앉아서 연못을 바라보았다.

오염된 물을 마시고 물에 둥둥 떠 있는 죽은 거북이들을 보면서 그녀는 자신도 죽어서 공기 중에 쓸려 다니고 있다는 생각을 했다.

인류가 건국한 사회에서 자신은 무가치한 존재였다.

무엇이 되고 싶은지, 무엇에 대한 갈망 따위는 생각하지 않은 지 오래되었다.

유치원 때, 눈앞에서 멋진 공연을 해준 마술사를 보고 세상을 사로

잡는 멋진 마술사가 되고 싶다고 생각한 것이 전부였다.

밤이 되면 심장이 미친 듯이 뛰었다.

가슴은 울림이 있는 무언가를 하라는 말을 계속해서 반복했다.

그렇지만 민희는 남들과 같이 고시원에 들어가서 공부를 한다거나, 그렇다고 해서 불량품인 그녀가 타인과 말을 하는 아르바이트를 할 수도 없는 노릇이었다.

자의로 원했던 마술사가 되고 싶다는 꿈을 내려놓았던 순간부터 그녀는 산채로 썩고 있었던 것이다.

그리고 졸업을 한 뒤에 그녀는 집이라는 큰 관으로 들어가 버렸다.

민희 자신도 자기가 썩고 있다는 사실을 알았다.

졸업을 한 뒤에 진성은 이사를 한 화천으로 돌아갔고, 그녀는 수없이 유대감으로 가득 찬 세상에서 홀로 남겨진 것이었다.

그가 떠나간 것은 그녀에게는 사회적인 죽음을 의미했다.

24살 봄, 점점 따듯해지는 공기는 그녀를 감싸지 않고 흘러갔다.

계절은 그녀를 녹여주지 못했던 것이었다.

민희는 만개하는 꽃들을 피해 방 안 침대 위로 숨었다.

다시는 모든 것들을 녹이지 않으리라 결심했다.

이불은 그녀를 감싸주었지만, 텁텁한 봄의 공기는 민희의 방으로 들어왔다.

그녀는 봄이 싫었다.

봄이 오면 진성이 자신의 곁에서 떠난다는 것을 알았고, 24살의 봄이 오지 않기를 바랬다.

진성이 없기 때문에, 그녀의 주체할 수 없는 자아는 이리저리 튀어나갔다.

밤을 꼬박 새워도, 새로운 취미를 가지려고 해도, 좋아하는 일을 해도 전부 다 한계가 있었다.

그가 없는 하루는 죽음이었다.

의미 없이 흘러가는 시간이었고, 무의미함의 연속이었다.

민희는 그 속에서, 휘몰아치는 감정의 흙탕물 안에서 발작을 일으키듯 저항했다.

그렇지만 자아를 잠식해 가는 우울증과 자폐증은 점점 더 심해져 갔고, 사물은 더 심하게 녹아 흐르기 시작했다.

민희는 숨을 잠시 참고, 바로 주머니에 있는 병에 있는 알약을 꺼내 입에 넣었다.

그리고 눈을 감았다.

그렇지만, 소리 없이 밀려온 그 어둠조차 녹아버렸다.

그녀는 눈을 감은 채로 버스가 잠시 흔들리더니 정차한 것을 알았다.

버스 문이 열렸고, 그녀를 신경도 안 쓴다는 듯이 기사는 문밖으로 내려 비를 맞으며 걸어갔다.

그녀는 자리에서 정류장을 때리는 '쏴아아아'거리는 빗소리를 들으며 버스의 문밖으로 비가 오는 것을 보았다.

아직 그녀는 살아 있었다.

비를 맞으면 더 악취가 심해질 테지만, 그에게 도달하면 괜찮을 것이다.

따듯한 품이 그녀를 다시 천천히 녹여줄 테니까 말이다.

버스에서 멈칫거리며 내린 그녀의 핸드폰에 벨이 울렸다.

저장도 안 되어 있는 번호였지만, 그녀는 아무렇지도 않게 통화버튼을 눌렀다.

"...딸, 어디니? 진성이 왔어?"

"······"

"약 병도 챙겨 갔더라... 딸아, 항상 조심하고 다니고, 무슨 일 있으면 진성이한테 바로 집에 데려다 달라고 하고..."

"...알았어요"

그녀의 어머니는 걱정스러운 음색으로 말했지만, 그녀가 밖에 나갔다는 사실만으로 기뻐하고 있는 것 같았다.

어머니는 민희가 진성을 찾아 화천까지 왔다는 걸 눈치 채지 못했고, 그녀도 굳이 말하고 싶지 않았다.

말을 꺼내도 어머니가 그녀에게 해줄 수 있는 것은 아무것도 없었다.

비를 뚫고 나가야 하는 것은 자신이었다.

솔직히 말해서 그녀가 진성을 무작정 찾아 나선다고 하면 바로 달려와 도와줄 사람이었다.

민희가 맨땅에 헤딩하는 것 같은 일을 해도 나서서 도와줄 것이었다.

그렇지만, 급식소에서 몸을 쓰면서 일하시는 어머니가 여기에 와서 더 고생하는 것을 바라지 않았다.

그녀는 짧게 대답하고 전화를 끊었다.

그리고는 천천히 의자에서 일어나 버스의 문밖으로 걸어갔다.

터미널에 들어와 있는 버스는 자신이 타고 온 버스 외에 보이질 않았다.

그 낡은 버스는 빗줄기에 흠씬 매를 맞고 있었다.

괜히 화천 터미널에 홀로 서 있는 것이 서럽고 눈물이 났다.

몸은 바깥바람을 맞자 덜덜 떨렸고, 그녀는 고개를 돌려 주위를 둘러보았다.

터미널 이름이 쓰여 있는 간판은 몇 개가 떨어져 나가 있었고, 정류장 앞의 유리문은 두 쪽이 전부 분리되어 산산조각이 나 있었다.
그를 못 찾은 것도 아니고, 포기한 것도 아니며, 그를 찾지 못한다는 것이 확정된 것도 아닌데 눈물이 볼을 타고 흘렀다.
그녀가 녹이고 있던 터미널의 의자와 기둥을 눈물이 쓸고 내려갔다.
민희는 언제 한 번은 세상을 가치 있게 사는 것이 자신이 할 수 있는 걸 증명하는 것이라고 생각한 적이 있었다.
꿈은 없었지만, 공부를 손에서 놓지 않았다.
어디까지 자신이 할 수 있는지 궁금한 적도 있었고, 학교 학사에 들어갔었던 적도 있었다.
그때는 몰랐지만, 학사에 들어가는 것은 돈을 상당히 요하는 일이었다.
달마다 교육비 명목으로 돈이 빠져나갔고, 홀어머니 밑에서 컸던 그녀는 더 이상 돈을 낼 수 없었다.
퇴소를 결심한 날 이불을 한 손에 다른 손에는 빨랫감을 들고 나오는데 하늘에서 비가 쏟아졌다.
비는 그녀와 빨랫감이 든 투박한 가방을 비웃는 듯 떨어졌고, 이불은 젖어갔다.
비가 오는 걸 알고 있었지만, 민희는 어머니를 부르고 싶지 않았다.
창피함은, 그 모멸감과 부끄러움은 자기 혼자만 느껴도 되는 일이었으니까 말이다.
민희는 더 이상 누군가에게 의지하지 않기로 했다.
세상에 나는 혼자였고, 앞으로도 그럴 것이다.
굵어진 빗줄기로 만신창이가 되었지만, 그녀의 속은 후련했다.
쳐다본 하늘은 아름다웠다.
학교 울타리를 따라 집으로 돌아오면서, 민희는 죽은 듯이 미동도 않고 비를 온몸으로 맞는 길과 간판들을 바라보았다.

자신이 걷는 세상이 잠겨가고 있었다.

수없이 떨어지는 빗줄기가 하늘을 파고들고 있었고, 모든 걸 잠기게 하려는 듯이 쉬지 않고 쏟아 붇고 있었다.

마치 오늘의 화천같이 말이다.

민희는 매표소에 직원이 쳐다보는 시선이 느껴졌기 때문에, 우비를 뒤집어쓰고 빠른 걸음으로 터미널에서 나갔다.

세상이 다 녹아버리는 한이 있더라도 그녀를 처음 녹인 그를 찾아가야 했다.

그리고 가르쳐 줄 것이다.

이제는 내가 널 녹여줄 수 있다고 말이다.

하늘은 굉장한 기세로 소낙비를 떨어뜨리고 있었다.

땅에 있는 모든 것이 잠겨버릴 것 같았다.

재래시장에는 여기저기 흩어진 과일들과 지진으로 갈라진 벽돌과 흙이 여기저기 널려있었다.

엉망이 된 길에는 놀라울 정도로 아무도 보이지 않았다.

전봇대가 넘어져 끊어지기 일보직전인 전깃줄과 이리저리 움푹 패여 있는 땅에 고여 있는 물 그리고 버려진 건물들 사이로 걸어갔다.

30분 정도만 걸으면 그의 집에 도달할 것이었다.

그렇지만 터미널에 겹겹이 쌓여있는 노란색 통행금지 팻말 밑으로 통과해 가는 것은 쉽지 않았다.

다행히 땅은 그렇게 넓게 갈라져 있지 않았기 때문에 밑으로 빠질 것 같지는 않았지만, 흙과 콘크리트 조각들을 밟고 몇 번이나 미끄러질 뻔하였다.

그녀는 걸었다.

걸어본 적 없는 다리로 화천을 걸었다.

지진이 지나간 자리를 걸었다.

반쯤 누워서 매달려 있는 전신주 밑을 지나고, 핸드폰에 있는 지도를 보면서 걷고 또 걸었다.

그녀는 진성을 찾아서 걷고 있었다.

발을 떼는 것이 처음에는 두려웠지만, 이제 더 이상 두렵지 않았다.

진성을 찾을 수 있을 것이라는 확신 따위는 없었지만, 여기 어딘가에 그가 있는 것 같은 생각이 들었다.

민희는 그의 보이지 않는 자취를 쫓아가고 있었다.

물웅덩이를 몇 번 밟자 양말이 전부 젖었으며 걸을 때마다 질퍽질퍽 소리가 났다.

우비를 썼지만 새어나온 비에 그녀의 머리칼은 젖어 이마에 달라붙었으며, 그의 집에 가까워갈수록 그와 쌓았던 7년간의 추억이 머리를 스쳐갔다.

행복하다면 행복했고 고통스럽다고 한다면 불행의 연속이었다.

나는 그에게 다가가서 녹았지만 그는 내게 마음 놓고 녹질 못했다.

어떻게 보면 일방적이었다고 볼 수도 있는 관계였다.

진성은 내 불안과 공포와 외로움과 쓸쓸함, 방황에 억지로 동조하게 되었으며, 그의 넓은 아량으로도 이해를 해주지 못하던 나날이었던 것 같았다.

그렇지만 나는 그를 만나기 위해 태어났다는 생각을 했다.

철학 교양에서 들었던 샤르트르의 실존에 대한 생각을 한 적이 있다.

그는 의자와 같은 것들은 앉게 하기 위한 본질을 가지고 태어나고 말했다.

즉 의자는 실제로 존재하는 실존을 하기 이전에 본질이 정해져 있는 것이다.

그렇지만 사람은 다르다.

본질이 정해져 있지 않은 상태로 태어나 실존한다.

내 본질은 죽을 때까지 그와 함께 폭풍우에 길을 잃은 배처럼 이리저리 방황하는 것이 아닌가 하는 생각이 들었던 적이 있었다.

그렇지만 그는 지금 병든 내게, 산 채로 썩어가는 내게 눈을 돌려가고 있었다.

어떤 남자여도 그랬을 것이다.

송장을 사랑하는 남자는 없으니까 말이다.

민희는 빗길을 걸으며, 정말 자신이 그를 만나기 위해 태어난 것일까 하는 생각이 들었다.

그를 만나기 위한 본질을 가기 위해 실존한 것이 아니라면, 자신은 왜 태어난 것이고, 무엇을 위해 이토록 고통스러워하는 것인지 알고 싶었다.

세상에 궁극적인 목적은 있는지, 자신이 존재하는 목적을 끝내 찾을 수는 있는 것일까 하고 생각했다.

그를 찾지 못하면 내 본질은 없어진 것이나 다름없기 때문에 자신은 없는 것과 같지 않은가 하는 모순이 그녀를 괴롭혔다.

진성을 찾지 못하게 된다면 그녀는 빈껍데기가 되는 것이다.

실존만이 남아 고통스럽게 세상을 헤매이게 될 것이다.

그게 진성을 손에서 놓지 못하는 이유였다.

그의 옆에서 민희는 살아 있었다.

그녀의 본질을 빛을 발하고 실존은 요동친다.

그녀의 고통은 별이 되고, 그녀의 삶은 해수면처럼 불규칙하게 일렁인다.

그것이 그녀가 하는 사랑이었고, 그가 필요한 본질적인 이유였다.

진성은 그녀의 왕국이자 봄이었다.

그녀가 입고 있는 우비를 두드리는 비는 계속해서 그녀의 본질을 두드렸고, 민희의 입에서 답이 터져 나왔다.

민희는 그가 필요했다.

그녀가 다리를 옮기는 것도, 이를 악물고 그를 찾아가는 것도 자신의 본질이었다.

민희는 그를 찾고 다시금 어우러져 녹아야 했다.

저 멀리 그가 사는 큰 평수의 아파트가 보이는 듯했다.

주소를 찾는 것은 어렵지 않았다.

그가 보내준 수많은 편지에 주소가 쓰여 있었다.

몇 백개의 종이가 그가 사는 곳을 가르쳐 주었다.

민희가 걱정했던 것과 달리 진성의 아파트는 금하나 가지 않아 있었다.

다만 아파트 주변에 둘러 있는 울타리가 지진의 여파로 부셔져 있었다.

이제 조금 있으면 진성을 볼 수 있다는 생각을 했다.

비가 떨어지는 하늘은 빙빙 돌고 있었다.

민희는 비틀거리면서 그가 사는 아파트 단지 내로 들어갔다.

입고 있는 우비는 이미 잔뜩 젖어서 제 구실을 하지 못하는 것 같았고, 이제 등 쪽이 젖는 것이 느껴졌다.

체온은 점점 떨어져서 차가움이 더 이상 느껴지지 않았다.

그녀는 자신의 손이 점점 차가워졌다는 것을 알았지만, 그런 것 보다는 진성이 살아 있는지 보고 싶었기 때문에 그가 사는 202동으로 뛰어갔다.

몇 백개의 편지에 쓰여 있던 그 주소로 지금 뛰어가고 있었다.

우비의 모자가 벗겨져서 머리 위에 비가 들이쳤지만 그녀는 개의

치 않았다.

그를 보고 싶었다.

그를 보기 위해서라면 어떤 희생도 치를 수 있었다.

그를 만나면 안고 한동안 놓지 않으리라 결심했다.

멀리서 보았을 때는 손바닥 만했던 아파트는 가까이 갈수록 커졌고, 그녀는 아파트 주차장에 있는 균열을 피해 뜀박질했다.

그리고 옆에 하천이 흐르고 있는 202동에 도착했다.

105호라고 했으니 그가 사는 곳은 1층일 것이다.

그녀는 당장 아파트 안으로 들어가 105호의 현관으로 향했다.

들어오면서 얼핏 본 우편함에는 아무것도 꽂혀 있지 않았다.

지진이 난 이후로 우편물 차량도 들어오지 않는 것 같았다.

그녀는 105호의 회색 현관문 앞에 서서 잠시 망설이다가 문을 두드렸다.

문을 두드리는 소리가 텅 빈 복도를 울렸다.

민희는 항상 그와 함께 하교를 하곤 했다.

진성은 자신의 집은 정 반대 방향인데도 그와 함께 걸으며 그녀를 녹여가곤 했다.

민희의 집은 산책길을 끼고 걸으며 도착하는 길이었는데, 봄이면 살구꽃이 아름답게 만개하는 길이었다.

그 봄날 벚꽃과 비슷한 살구꽃 사이를 걸으며 둘은 평생을 같이 녹자고 맹세했던 것이다.

민희는 진성과 손가락을 걸고 훗날 맹세가 변하면 그 약조했던 손가락을 잘라서 주자고 했다.

진성이 이사를 하기 전까지, 둘은 살구나무 거리를 몇백 번, 몇천 번을 걸었다.

살구꽃이 몇 번이나 피었다 지는 것을 보았고, 가을에 살구가 떨어져 길바닥에서 썩어가는 것도 몇 번이나 보았다.

그 길에서 둘은 처음으로 입을 맞추고 녹았고, 학교와 산책길밖에 반복하지 않았던 그때의 삶에서 살구나무 길은 그들 인생의 일부였다.

민희는 그 길을 걸으면서 그의 얼굴을 처음 올려다보았다.

도태된 종이었던 민희는 그의 얼굴을 쳐다보지 않고 이야기를 하면서 걸어갔는데, 한 달쯤이 지날 무렵 그의 얼굴을 조금씩 쳐다보기 시작했다.

진성은 이목구비가 뚜렷한 얼굴은 아니었지만, 남자치고는 귀여운 스타일이었다.

내려간 눈매는 그의 부드러운 성격을 대변하는 것 같았고, 작은 입과 여유 있는 눈동자는 그녀에게 기댈 곳이 되기에 충분했다.

그때까지 전혀 그의 얼굴을 본 적이 없었기 때문에, 그녀는 놀랐다.

얼굴을 보고 이야기를 하니 마치 다른 사람 같았기 때문이다.

얼굴을 보고 말했던 그날부터 민희는 진성과 항상 얼굴을 쳐다보고 말하자는 약속을 했다.

둘은 살구나무 길을 걸어갔다.

문은 그녀의 예상과는 달리 열릴 생각을 하지 않았다.

자신의 집에 있는 두꺼운 문처럼, 다시는 열리려고 하지 않았다.

문을 '쾅쾅' 소리가 나게 두드렸지만 묵묵부답이었다.

그녀는 초인종을 눌렀지만 전기가 끊겼는지 벨소리는 나오지 않았고, 문을 쳐다보고 있을 수밖에 없었다.

복도는 휑하니 비어서 지진이 나고 일주일동안 아무도 지나다니지 않은 것 같았다.

문 밑에는 우유를 받는 조그만 구멍이 뚫려있었고, 민희는 망설임 없이 구멍을 열어 보았다.

구멍 안에 남자의 구두와 광이 나는 빨간 구두가 나란히 있었다.

마치 방금 정리한 것처럼 말이다.

빗소리에 섞여서 잘 들리진 않았지만, 안에서 무언가 소리가 나는 것 같았다.

민희는 다시 문을 두드렸다.

손이 아파왔지만, 지금 그는 집 안에서 움직일 수 없는 상태일지도 모른다.

자기가 왔다는 것을 알려주어야만 했다.

"안에 있어!?"

그렇지만 안에서는 그녀가 온 것을 눈치채고 숨죽이듯이, 아무도 나올 생각을 하지 않았다.

억누르고 있던 감정이 안에서 솟아올랐다.

현관문은 프라이팬 위에 놓인 버터처럼 녹아 흐르기 시작했고 민희는 문을 두드리던 손이 떨리는 것이 느껴졌다.

그녀는 현관문 바로 앞에 주저앉아서 망연자실한 표정으로 흘러내리는 계단과 현관문을 쳐다보았다.

차가운 바닥에 닿은 엉덩이가 차가워지는 것이 느껴졌고, 그녀도 모르는 사이에 멍하니 현관문을 쳐다보고 있다는 사실을 알게 되었다.

안정제는 하루에 두 알 이상 먹으면 안 된다는 것을 알았지만, 그녀는 주머니를 뒤져 진정제를 마구잡이로 꺼내 삼켰다.

그녀는 핸드폰을 꺼내어 시간을 보았다.

시간은 거의 6시가 다 되어가고 있다는 것을 알았고, 조금 있으면 날이 어두워지고 온도가 더 내려갈 것이었다.

그런데도 장대비는 그칠 생각을 하지 않았다.

핸드폰의 바탕에는 그와 그녀가 같이 손으로 하트를 만든 이미지가 있었다.

7주년 기념일인 크리스마스에 놀러 가서 찍은 사진이었다.

그는 한껏 차려입고 포즈를 취하고 있었고, 자신도 진성이 사준 가장 좋아하던 노란 스웨터를 입고 있었다.

이제 다시는 그와 함께 녹지 못하는 걸까 하는 생각이 들었다.

더 이상 내 인생에 봄 따위는 없는 것이다.

약을 먹어도 마음이 진정되지 않자, 그녀는 그가 써준 첫 연애편지를 꺼냈다.

'봄이건 여름이건 가을이건 겨울이건 밤이건 낮이건 항상 떠있는 구름처럼 항상 너를 사랑할게'

만약 보는 걸로 종이가 달아 버릴 수 있다면, 이미 그가 준 편지지는 달아서 없어졌을 것이었다.

눈물이 났다.

안 울려고 했는데, 꿋꿋하게 살아가려고 했는데, 세상은 아름답다고 생각하면서 어떻게든 버텨 보려고 했는데, 눈물이 앞을 가렸다.

이미 편지지는 잉크가 번지고 구겨져 있었지만, 그녀는 소중한 무언가처럼 편지지를 끌어안았다.

여기에 계속 있으면 냉기 때문에 몸이 더 차가워 질 것 같았다.

그렇지만, 몸이 움직이질 않았다.

안정제를 너무 많이 먹어서 그런지 몸이 점점 차가워지는 것을 알았지만, 손가락 마다 하나 움직일 힘도 없었다.

아무것도 먹지 않고 나와서 속이 쓰렸지만, 힘이 점점 풀리기 시작했다.

그녀는 조금씩 복도 벽에 기대어 눈을 감았다.

멀리서 들리는 빗소리만이 그 고요를 덮었다.

민희는 자기 자신이 미쳤다는 생각을 해 본적이 있었다.

다른 이와 같지 않게 그녀의 가슴 안은 항상 불안과 실존으로 뛰었고, 매일 숨 쉬고 뛰고 밥을 먹는 행위조차 의문 투성이였다.

사람이 태어난 이유 같은 것은 아무도 알 수도 없고 정해지지도 않은 거라고들 한다.

그리고 자신이 의미를 부여하기 나름대로 본질이 형성된다고 하지만, 해답 따위는 없었다.

그런 말도 안 되는 의문 속에서 정신을 차려보니 자신은 꾸역꾸역 살고 있었고, 삶의 낙을 만들어 어떤 것을 즐기며 시간을 보내는 것도, 타인 속에 둘러싸이는 것도 전부 부질없는 것처럼 느껴졌다.

하늘은 늘 푸르렀고, 그 아래에서 사는 민희는 항상 답을 얻질 못하였다.

그녀는 초등학교에 올라갔을 때부터 아무 이유도 없이 사물이 녹는 것 같은 환상을 보기 시작했고, 중학교에 올라가자 타인과의 유대를 느끼며 증세가 더욱 심해졌다.

결국에는 아무하고도 소통을 하지 않는 상태가 되기에 이르렀다.

그렇게 될 운명이었던지, 아니면 모종의 사건으로, 또 불안정한 감정이 쌓여서 일지도 모르는 일이었지만, 그녀를 제외한 모든 것은 조금씩 녹아가기 시작했다.

그녀의 어머니는 민희를 병원에 보낼 돈조차 가지고 있지 않았다.

그녀를 데리고 정신병원에 찾아가서 간단한 심리검사를 한 것이 전부였다.

그렇다고 어머니를 원망하는 것은 아니었다.

침상에 묶여 하얀 벽만을 쳐다보고 있는다고 해서 나아지지 않으리라는 것은 그녀 스스로도 알고 있었다.

그녀는 마음속으로 유대와 자신의 본질에 대한 문제가 그녀의 시야에 나타난 것이라고 생각했다.

죽어가기 시작한 그녀는 타인과 아무런 말도 하지 않았고, 평소에 그녀의 어머니와 몇 마디를 주고받을 뿐이었다.

유대를 끊으면 사물은 더 이상 녹아 흐르지 않는다는 것을 알게 된 그녀는 의식적으로 혹은 본능적으로 타인과의 관계를 거부하기에 이르렀다.

그리고 유대를 지속해도 주변의 사물들이 녹지 않는 이가 있다는 것을 발견했다.

산책로에서 수줍게 다가왔던 진성이었다.

오히려 그와 같이 있으면 함께 녹아 그에게 어우러지는 느낌이 들었다.

그가 건네준 시는 그녀의 보잘 것 없는 삶을 이리저리 요동치게 만들었다.

아침에 제일 먼저 들이마시는 공기의 냄새도 달라졌고, 한 숨도 잠이 들게 만들지 않던 심장박동 또한 가라앉았다.

무슨 원리인지는 모르겠지만, 그를 만난 뒤부터는 그녀를 둘러싼 것들은 더 이상 녹지 않았다.

오히려 그녀 자신이 그의 옆에만 서면 천천히 녹아갔다.

며칠마다 그가 건네주는 편지는 그때까지 한 번도 생각해 본적이 없는 타인의 마음에 대해서 생각을 하게 만들었고, 그녀의 본질은 그의 색으로 물들어 갔다.

진성의 옆에서 살구나무 길을 걷던 그녀는 항상 그가 무슨 생각을 하고 있는지 궁금해졌다.

그녀를 좀먹어가던 번뇌는 그에게로 옮겨갔고, 그렇기 때문에 살아 있을 수 있었다.

민희는 힘겹게 눈꺼풀을 밀어 올렸다.

점점 밝아지는 시야에 하얀 천장이 보였다.

비현실인 나비와 옆에서 매혹하는 꽃이 보이지 않는 것을 보니 집 안은 아니었다.

그리고 그녀의 옆에서 걱정스러운 눈으로 그녀를 바라보는 늙은 어머니가 보였다.

민희는 노모에게 걱정을 끼쳤다는 미안한 마음에 그녀를 쳐다보지 않고 상체를 일으켜 세워 앉았다.

머리가 띵한 게 어지러웠다.

왼쪽 손목에는 링거와 연결된 주사바늘이 꼽혀 있었고, 처음 와 보는 곳에 앉아서 그녀를 쳐다보는 노모를 보고 있자니 비현실적인 느낌이 들었다.

"...민희야, 진성이랑 무슨 일 있었어? 왜 혼자 아파트 바닥에 누워 있었던 거야... 약도 잔뜩 먹고 이러면 안 되는 거 알잖니... 화천병 원 응급실에 있다는 말을 듣고 바로 달려왔어..."

"진성이가... 보이질 않아서요... 찾으러 갔어..."

어머니는 그녀의 이마에 손을 올렸고, 민희는 고개를 숙여 하늘색 병원 이불을 쳐다보았다.

열린 창밖에서는 이제는 더 이상 비가 오지 않는다는 듯이 햇볕이 들어오고 있었고, 바람은 시원하게 병실을 타고 흘러나갔다.

어머니가 가져왔을 것이라고 생각하는 사과 몇 개가 자신의 침대 왼편에 덩그러니 놓여 있었다.

병실은 6인실이었고, 모녀에게는 신경도 쓰지 않고 각자 티비를 보거나, 면회자와 담소를 나누고 있었다.

어머니는 슬픈 표정을 지으며 가방을 들고 일어섰다.

그녀가 들고 온 가방은 죄다 낡아서 실밥이 풀어져서 여기저기 튀어나와 있었고, 상아색은 회색빛이 다 되어가고 있었다.

어머니는 중요한 일이 있어서 나갈 때면 항상 그 가방을 메었고, 민희는 돈을 벌게 되면 제일 먼저 가방을 바꾸어 주고 싶었다.

그렇지만 아직까지 어머니의 가방은 그대로인 채였다.

티비에서는 강원도 돼지 사육장에 구제역이 돌아 가축들을 집단 폐사시켰다는 뉴스가 울려 퍼지고 있었다.

어제까지만 해도 지진으로 인해 갈라진 땅과 건물에 대한 이야기만 하였으나, 오늘은 몇 분째 언급도 하지 않고 있었다.

"진성이를... 찾아봐야 해... 엄마... 진성이, 지진 때문에 어디에 갇혀 있을지도 몰라..."

"어디에 난 지진?"

"어디라니... 화천, 강원도에... 지금 아무도 사람들을 구하려고 하지 않아"

어머니는 민희의 말을 듣더니, 고개를 푹 숙이고 한숨을 쉬었다.

그런 노모의 반응에서 민희는 무언가 잘못 되었다는 사실을 알았다.

"딸... 너무 피곤한가봐, 요즘에 약도 먹지 않았고... 아프지 않아도 의사선생님이 먹으라고 했잖아"

눈가에 주름이 자글자글한 어머니는 걱정스러운 눈으로 그녀를 바라보고 있었다.
민희는 말문이 막혔다.
어머니가 이런 말을 하는 이유는 하나였다.
강원도에는 처음부터 지진이 일어난 적이 없던 것이었다.
이런 적이 종종 있었다.
자폐증은 물론이고 스트레스성 망상에 편집증 증세가 있었기 때문에, 가끔씩 이렇게 그녀의 세계가 틀어졌다.
나를 의아스럽게 보던 버스기사와 터미널 직원도 햇볕이 비치는 날에 우비를 눌러쓰고 있어서 일지도 모른다는 생각이 들었다.
민희는 침대 옆에 기대어져 있는 축축한 가방을 집어 올렸다.
거기에는 그가 써주었던 편지 더미가 그대로 들어 있었다.
아마도 집에서 그가 써주었던 추억들을 가지고 길을 떠난 것은 맞은 모양이었다.
그렇다면 그와 연락이 두절된 이유는 무엇일까 하는 생각이 머리를 울렸다.
그에게 온 연락도 자신이 인지하지 못한 것은 아닐까 하는 생각에 민희는 사과 옆에 놓인 핸드폰을 집어 올렸다.
그러나 일주일 전을 경계로 그에게는 아무런 연락도 오지 않은 상태였다.
또한 핸드폰 시계는 오전 10시를 가리키고 있었고, 지금 시간에

엄마가 여기에 있다는 것은 직장을 쉬고 여기에 내려온 것을 의미
했다.

휴가도 돈으로 돌려받고 싶어서 쓰지 않는 그녀의 노모는 민희의
컨디션이 나쁘지 않음을 확인하고 따뜻한 눈으로 그녀를 바라보고
있었다.

민희는 조용히 핸드폰을 내려놓고 어머니에게 물었다.

"엄마... 엄마는 아빠를 만나서 행복했어요?"

어머니는 그녀의 질문을 듣고 잠깐 동안 생각한 뒤에 입을 열었다.

"당연히.. 그랬단다, 너무나 좋은 사람이었고, 옆에만 있어도 행복한
사람이었단다"

"그럼... 엄마는 이렇게 된 거 후회 안 해?"

"명이 짧았던 거지... 바닥에 누워 있는 어린 너를 보면서 많은 생
각을 했단다, 어디론가 도망치고도 싶었고, 내가 사주가 사나워 남
편을 잡아먹은 거라는 생각도 했고... 있잖아. 딸아, 아버지는 이렇
게 될 것을 알고 있었다는 듯이 엄마한테 잘해줬단다, 보너스를 모
아서 갑자기 옷을 사 오기도 하고, 화물차를 운전하고 늦은 시간에
돌아오면서도 웃겨주려고 하고, 잠 잘 시간도 없는데도 어떻게든
먹여 살린다고..."

엄마는 그녀가 누워있는 침대에서 살짝 시선을 돌렸다.
보이지 않아도 그녀의 눈에 물기가 맺히고 있는 것을 알았다.
엄마를 살아 있게 해 주는 것은 아버지였던 것이다.
그녀도 세월과 함께 조금씩 썩어가고 있었고, 어머니를 녹여주던
아빠는 젊은 채로 기억 속에 조각해 두었던 것이다.

"사실은 엄마가 선을 많이 봤단다... 그 중에는 회사 사장이라고 하던 사람도 있었고, 대학 교수라는 사람도 있었는데... 너무 마음에 안 들었어, 바보같이 편하게 살 수도 있었는데 그러지 않고 아빠를 골랐단다, 너희 아버지는 내 남동생의 아는 지안이었어... 그렇게 나한테 잘해주는 모습을 보면서 나는 마음을 열었지... 이렇게 말한다고 해서 후회되는 것은 아니란다, 딸아... 우리 딸은 만날 수 있었으니까 그걸로 족해..."

"아빠도 행복했을 거야, 엄마 옆에 있으면 살아 있는 기분이 들으셨을 테니까..."

민희는 손목에 있는 주사기가 붙은 테이프를 억지로 떼어내고 자리에서 일어났다.

갈아 입혀진 병원 옷을 벗어 던지고, 그녀는 강아지가 그려진 긴팔 옷으로 갈아입었다.

이 옷조차도 그와 같이 가서 샀던 터라 그때의 추억이 마음을 어지럽혔다.

추억을 조금 떠올리면 몇 십 분 동안 헤어 나오지 못할 것 같아서 서둘러 옷을 갈아입었다.

어머니는 아빠가 살아 있을 때의 생각에 잠겨 잠시 동안 그대로 서 있다가 그녀가 옷을 입는 것을 도와주었다.

민희는 주머니에 그대로 들어 있는 알약을 꺼내 개수를 확인한 후에 도로 넣었다.

주황색 통에 들어있던 하얀 알약은 상당수가 없어져 있었다.

그녀는 노모의 손을 '꼬옥' 잡고 병원을 빠져나갔다.

병원을 빠져나가는 길에 간호사가 달려와서 안정을 취해야 한다는 말을 했지만, 어머니는 간호사에게 손사래를 치고 민희와 함께 걸어 나갔다.

밖은 지글지글 끓고 있었다.

병원의 주차장은 차들로 가득 차 있었지만, 그녀가 타고 갈 수 있는 차는 없었다.

어머니는 차가 없었고 그녀도 지금껏 면허를 따지 않았다.

썩어가는 이들은 손을 잡고 큰길로 나가 택시를 탔다.

그녀는 택시를 타고, 집으로 가는 버스를 타고, 걸어서 집에 가면서 사람들을 바라보았다.

처음 보는 사람들은 아무런 고민도 없는 표정을 하고 걸어가고 있었다.

그들은 자신과 같이 썩는 악취가 풍기지 않는다는 것이 느껴졌다.

그녀도 그들과 같았으면 좋겠다는 생각을 했다.

봉급을 받으며, 다른 이들이 바라는 것을 좇고 연애문제나 사소한 것에 대해 고민을 하고 연예인에 대한 걸 생각하면서 사는 것 말이다.

그렇지만, 어디서 무슨 감정이 어떻게 불규칙하게 머리에 잔존했는지는 모르겠으나, 그녀를 제외한 것들은 녹아 흐르고 있었고, 그녀의 주변에서 일어나는 모든 일들은 자신을 견딜 수 없이 불안하게 만들었다.

아무리 시간이 지나도 자신에게 안정을 구할 수 있는 곳은 없을 것 같았다.

둘은 집에 가면서 아무런 말도 하지 않았다.

노모는 민희와 진성의 사이에 무슨 일이 생긴 것을 눈치 채고 있었고, 민희에게 그것에 대해 묻는다면 딸의 마음을 더 어지럽힐 것이라는 생각에 입을 열지 않았다.

그저 버스를 타서 운전석의 뒤쪽인 왼편에 앉아서, 딸에게 안전벨트를 매어주고 고단하게 자는 그녀의 모습을 지켜볼 따름이었다.

맑은 햇살과 나무 그림자가 버스에 앉아 있는 둘의 위를 지나갔고, 고속도로를 달려 터미널에 도착하였다.

민희는 잠이 덜 깨어서 비몽사몽한 상태로 엄마와 같이 익숙한 광경을 걸었다.

엄마와 이렇게 어딜 나와서 걸은 것은 오래만 이었다.

전에는 철없이 눈앞에 보이는 먹을 것들을 사달라고 졸랐고, 그녀의 어머니는 자상한 미소를 지으며 그녀의 손에 하나 둘씩 들려주었다.

노모는 먹을 것만큼은 민희에게 잘 먹이고 싶었기 때문에 어렸을 때부터 끼니 한 번 거르게 하지 않았다.

민희는 자신이 클 때까지 그것이 당연할 줄 알았다.

그렇지만, 타인의 말을 듣고 자식에게 그리 신경 쓰지 않는 이들도 있다는 것을 알게 되었다.

어머니는 딸을 자신의 분신처럼 사랑했다.

노모는 자기 자신을 녹여줄 수 있는 이를 잃었지만, 자신의 딸은 그렇게 되지 않기를 항상 바랬다.

둘은 익숙한 건물들을 지나 지은 지 15년이 다 되어가는 낡은 아파트에 돌아왔다.

아마도 근처에 있는 오피스텔보다 값이 나가지 않을 것이었다.

그럼에도 평생을 둘과 함께한 건물이었고, 잘 관리되지 않은 화단을 지나쳐 다시금 둘의 관으로 향했다.

민희는 자신이 있어야 할 곳에 돌아왔다는 생각에 더 이상 불안감이 들지 않았다.

햇볕이 들지 않아 아파트의 통로는 차가웠고, 엘리베이터를 타고 맨 끝 층으로 올라갔다.

10층은 겨울에는 한기가 방안을 훑고 지나갔고, 여름에는 끓는 듯했으나, 노모는 불을 넣거나, 에어컨을 사지 못했다.

둘이 있을 때만 난방을 하자는 말을 했지만, 자신이 일을 끝내고 들어오면, 항상 옥매트가 있으면 춥지 않다는 말을 했다.

그렇기 때문에 둘의 관에는 불이 들어올 때가 없었고, 민희는 평상시에 집에 있을 때도 옷을 잔뜩 껴입고 있었다.

또한 진성에게도 초라한 그들의 집을 보여주고 싶지 않았기 때문에 그를 한 번도 집에 초대한 적이 없었다.

둘이 살기에는 적당했지만, 허름하고 초라한 집구석이었다.

민희는 노모가 힘겹게 소파에 털썩 앉는 것을 보고 작은 집에 하나밖에 없는 방으로 들어갔다.

긴팔 옷을 입었기 때문에, 7월의 날씨에 순식간에 옷 안에 땀이 차는 것이 느껴졌다.

민희는 아직도 마르지 않은 가방을 방 안에 아무렇게나 던져두었다.

방에 있는 침대는 이불이 아무렇게나 접혀 있었고, 직접 조립해서 만든 간이 독서대 위에는 전공책이 어지럽게 널려 있었다.

독서대는 몇 년 동안 쓰지 않았기 때문에, 먼지가 뿌옇게 앉아 있었다.

민희는 전공책을 보더니 베란다로 집어 던지기 시작했다.

학자로 끝나는 원론적인 소설들은 무게에 걸맞게 쿵 소리를 내면서 떨어졌다.

아동교육학과 노인복지학, 청소년심리학이 바닥에 차례로 떨어지며 몸에 잔뜩 쌓인 먼지를 여기저기 털어내었지만, 그녀는 멈추지 않았다.

책상 가득 널려 있었던 책들을 모두 침대 뒤 쪽으로 던져 버리고 난 뒤에서야 그녀는 자리에 앉았다.

숨이 가빠지면서 몸이 떨렸고, 금세 자신의 몸이 땀에 젖어 있는 것을 알게 되었다.

그리고 사물이 녹아가고 있다는 것을 깨달았다.

전자레인지에 돌린 치즈같이 독서대와 필기구, 떨어진 책들은 늘어 붙어버렸고, 민희는 소리를 지르고 싶었지만 입도 뻥긋하지 않았 다.

문 하나를 사이에 둔 어머니가 걱정스러운 얼굴을 하면서 달려오 게 만들고 싶지 않았다.

그녀는 손을 입에 물어 비명을 막고, 미친 듯이 뛰는 심장을 부여 잡고 의자에 웅크렸다.

시야가 덜덜 떨렸고, 헤드뱅잉을 하는 것처럼 시야가 뒤죽박죽으로 엉켜갔다.

중학교 때 이후로 이렇게 크게 발작이 일어나는 것은 처음이었다.

의자가 앞뒤로 떨렸고, 침이 입을 타고 줄줄 흐르는 것이 느껴졌 다.

오늘이, 이 순간이 자신의 마지막일 수도 있다는 생각이 들었다.

숨이 막혀왔다.

40도의 불가마에 있는 것처럼 온몸이 달아올라 부서지고 있었다.

썩은 살덩이가 푹푹 떨어질 것 같았다.

그녀는 썩어가다 못해 정말로 움직임이 없는 상태가 되어가고 있 었다.

민희는 녹아 바닥에 질질 흐르는 시야에서 핸드폰을 잡고 진성에 게 전화를 걸었다.

'뚜- 뚜- 뚜-'

신호음은 가고 있었지만, 끝내 목소리를 내는 것은 자동 응답기였 다.

그럼에도 불구하고 그녀는 계속해서 전화버튼을 눌렀다.

그와 같이 하트를 만들고 있는 사진도 곧이어 녹아서 형체를 알아
볼 수 없게 되었고, 그녀는 의식이 멀어짐을 느꼈다.
그리고 핸드폰에 진동이 울렸고, 그녀에게 있어 마지막 유대감으로
이어진 이의 문자가 눈에 들어왔다.

<이번 주에 내려갈게, 그때 보자>

이번 주에 내려간다는 진성의 문자였고, 그 글귀를 보고 웅크려서
숨을 몰아쉬던 그녀의 시야는 점차 빛을 되찾았다.
머릿속에 두통이 일어났고, 태어나서 지금까지 느꼈던 감정들을 한
번에 느끼는 것 같았다.
민희는 숨을 몰아쉬며 손가락을 움직여 그에게 힙겹게 문자를 보
냈다.

<요즘 잘 지내?>

그리고 그녀가 내쉰 숨에 대한 답장은 다시 돌아오지 않았다.
민희는 책상 위에 엎드려 서럽게 울음을 터뜨렸다.
서럽고 모든 것이 두려웠으며, 자신이 이렇게까지 무기력하고 무가
치하게 느껴진 적은 없었다.
그녀는 먼지가 잔뜩 묻은 독서대의 나무에 얼굴을 대고 차가움을
느끼고 있었다.
민희의 시야에 잉크가 말라 나오지도 않는 펜들이 경쟁하듯이 늘
어져 있었고, 휴지와 낡아빠진 필통이 나뒹굴고 있었다.
그리고 독서대의 오른 편에 걸려 있는 십자가에 못 박힌 사내는
고개를 푹 숙이고 그녀에게서 눈을 돌리고 있었다.
자신을 지켜본다고 하는 사내는 가시관을 두르고 그곳에 원래 아

무도 있지 않은 것처럼 숨어 있었다.

민희는 어째서 자신만이 이렇게 사물을 녹여야 하는지에 대한 의문을 품은 적이 있었다.

그 의문은 평생 풀리지 않을 것이라고 생각했지만, 절대의 앞에 서면 어째서 그렇게 그토록 자신만 불합리한지에 대한 힌트를 얻을 수 있을 것이라는 생각이 들었다.

진성의 어머니는 주말이 되면 교회에 꼬박꼬박 나가는 사람이었다. 민희가 대학교에 막 입학했을 무렵, 그녀의 증세를 듣더니 진성의 어머니는 거룩한 이와의 화합을 권하였다.

진성의 어머니는 교회의 권사라고 했고, 은연중에 항상 그 지위를 자랑하는 이였다.

민희는 주말이 되자 둘에 의해 갈망하는 무리의 회동에 이끌려 갔다.

어렸을 적, 어머니의 손에 이끌려 몇 번인가 그를 마주하러 가본 적은 있었지만, 고등학교에 들어가고 교회에 가는 것은 처음이었다.

그리고 민희는 알 수 없는 불안과 두려움, 그리고 방황의 이유를 알고 싶었기 때문에, 제안을 받고 별 저항 없이 진성과 그의 어머니를 따라갔다.

둘은 2층에 있는 긴 갈색 의자에 앉아서 목사의 복음을 내려다보았다.

진성의 어머님은 십자가 바로 앞에 앉아, 신의 대리인의 말에 귀를 기울이고 있었다.

잘 차려입은 수많은 사람들이 있었고, 높은 곳에만 창문이 달려 있는 건물은 그들이 뿜어내는 악취로 가득했다.

처음 보는 아이보리색 건물 벽과 한가운데서 아직도 고통받고 매달려 있는 이가 걸려 있었다.

민희는 숨이 막혀왔고, 급조된 거룩함은 그녀를 역겹게 만들었다.

그들은 십자가 밑에서, 고통받는 이를 추모하기 위해 찬송을 읊고, 그의 말을 전했다.

그들에게서 추모받는 이는 살아 있었고, 십자가에 매달려 더 이상 썩지 않았다.

거대한 십자가 밑에서 하얀 옷을 입은 목사가 소리쳤다.

"주여!!!!!!!"

격정으로 물든 그의 목소리를 교회를 울렸고, 애석하게도 고통스러워하는 이는 그의 음성을 외면했다.

목사의 울부짖음은 그칠 줄을 몰랐고, 그의 목소리가 민희의 심장을 울려댔다.

사방에 내려앉은 붉은 깃발은 서서히 녹아서 떨어졌고, 찬송을 말할 때 쓰이는 악기들도, 유대로 똘똘 뭉쳐 갈색의자에 앉아 있는 수많은 이들은 십자가 밑에서 녹았다.

오직 한 존재만이 녹지 않고, 눈을 똑바로 뜨고 있었다.

그것은 애타게 격정을 질러대는 목소리도 아니었고, 그 위에 있는 나무십자가에 매달린 이는 더더욱 아니었다.

그 혼란 속에서, 닭이 모이를 쪼아 먹는 것처럼 고개를 숙이고 바닥을 쪼고 있는 이들을 보고 있는 자신의 팔과 다리만이 녹지 않고 그대로였다.

오직 그 불행 속에서 썩어가고 있음에도 자신만이 온전하게 죽어 있었다.

그들은 오히려 살기 위해 신을 부르고 몸부림치고 있었다.

감정의 혼란 속에서 팔을 내밀고 살려 달라고 외면하고 있는 이를 향해 힘껏 소리치고 있었다.

민희는 서서히 죽어가는 자신을 구원해줄 수 있는 것은 없음을 알았다.

그녀에게 허락된 것은 편히 쉴 수 있는 곳이었다.

그리고 갈색 의자에서 일어나 옆자리에서 손을 가지런히 모으고, 지적 장애가 있는 이처럼 같은 말을 반복하는 진성에게 떨어져 그 혼란과 불행의 화음에서 벗어나고자 했다.

민희는 자리에서 일어났고, 들리지 않는 음성을 기다리는 사람들을 지나 출입문을 향해 걸어갔다.

반쯤 열려 있는 회색 문은 빛이 나는 듯했다.

진성은 그녀가 갑작스레 일어나서 입구로 걸어가는 것을 보고 그녀를 따라와서 두 손을 붙잡았다.

몇몇이 고개를 들고 그들의 연극을 지켜보았다.

그의 얼굴은 걱정하는 것이 아니라 배신을 당한 이의 분노와 추악함으로 가득 차 있었다.

"민희야, 왜? 어지러워?"

민희는 그의 눈을 쳐다보고 처음으로 공포를 느꼈다.

진성이 이런 표정과 감정으로 자신을 노려보고 있다는 것에 온몸이 떨렸다.

모든 게 낯설었다.

이곳에 온다고, 거룩한 이의 음성을 듣는다고 해서, 만약에 그가 십자가에서 내려와 보듬어 둔다고 한들 그녀 주변의 사물을 녹지 못하게 할 수는 없었다.

민희는 가벼운 현기증을 느끼며 낯선 계단을 천천히 내려가면서 말했다.

"...나한테 필요한 것은... 쉬는 거야, 나는 다시 일어나지 않을 거고... 누울 곳을 찾기 위해서 여기서 나갈 거야"

"민희야 잠깐만 멈춰봐, 우리 딱 한 번만... 목사님이라도 좀 만나고 가자"

민희는 그 말을 들으며 그의 얼굴이 소름끼치게 일그러지기 시작한 것을 알았다.

그렇지만 그것이 자신이 가진 시야 때문인지, 아니면 그가 진짜로 그런 표정을 짓고 있는지 의문이었다.

그의 뒤로 보이는 교회의 벽이 위 아래로 흔들리기를 반복했다.

입에 약을 처넣고 쉬어야 했다.

진성이 절박한 목소리로 거칠게 숨을 쉬는 민희에게 말했다.

"엄마가 목사님하고 면담자리를 만들어 두었다고 말했어, 조금 있으면 예배가 끝날 거야"

그토록 자비로운 신은 자신을 묶고 놓아주지 않으려고 하고 있었다.

민희는 자신을 잡고 있는 진성의 손을 당장 뿌리치고 나가고 싶었다.

그렇지만, 자신이 어째서 이렇게 누군가 녹는 것을 보아야 하는지에 대한 대답을 얻고 싶은 마음도 있었다.

민희는 그의 눈동자 안에 있는 자신의 모습이 커졌다가 작아졌다가를 반복하고 있는 것처럼 보였다.

그렇게 아무런 말을 하지 않은 채 몇 분이 흘렀고, 은총을 받은 이들은 어두운 방에서 한 명씩 나오기 시작했다.

그들의 얼굴은 모두 같았다.

전부 살아 있는 얼굴을 하고 있었지만, 동시에 방부제 처리한 것과 같은 인위적인 얼굴이었다.

사람들이 전부 나가고 십자가에 묶여 고통 받는 이를 향해 애타게 부르짖던 목사가 나와 진성과 악수를 하고 민희를 보고 인사를 건넸다.

목사의 옷차림에는 광채가 이는 것 같은 느낌이 들었고, 동작 하나하나에서는 구도자의 정결함이 느껴졌다.

그렇지만 억지로 무언가를 놓고 잡지 않는 사람처럼 여유가 없어 보였다.

점잖은 목사의 말투는 이해심이 많은 듯한 차분한 말투였고, 그의 주름 인자함을 더하는 듯이 느껴졌다.

목사는 그들을 작은 방으로 안내했고 둥근 탁자에 둘러 앉았다.

잠시 후 그 탁자 위에 종이컵에 담긴 뜨거운 차가 나왔다.

차에서 피어 나오는 김이 이 좁은 방의 공기를 점점 삼키고 있는 것 같았다.

숨이 턱턱 막혔다.

민희는 그곳이 관조차도 될 수 없음을 알았다.

목사는 둘을 바라보고는 잠시 말을 고르는 듯 하다가 입을 열었다.

"지금... 겪으시는 일이 힘드시겠지만, 신이 주는 시련이라고 생각하세요... 민희씨, 우리에겐 전부 사명이 있습니다. 민희씨를 만든 이유도 분명 있으실 겁니다. 창조주 하느님의 계획은 창대하고 높으십니다. 세상을 둘러보세요, 저 위에 있는 별들이 항상 같은 방향으로 움직이는 것도 그의 거룩한 솜씨입니다"

억지로 신과의 유대감을 말하는 목사의 눈빛은 공포가 서려 있었다.
인자하고 온화한 미소를 가진 목사는 금방이라도 울먹일 것만 같았다.
그에게선 자신이 말하는 것을 믿지 않으면 어쩌나 하는 두려움 외에는 아무것도 느껴지지 않았다.
목청이 좋은 목사는 자신이 지금껏 절대자를 위해 했던 일들과 은총을 말하기 시작했다.
진성은 목사가 하고 있는 말에 대한 반응을 보기 위해, 계속해서 그녀의 눈치를 보고 있었고, 민희가 말이 없자 초초해 하며 다리를 떨었다.
진성이 목사의 말이 어느 정도 진행되었다고 느꼈을 때, 그녀는 그의 말을 끊고 담담한 어조로 말했다.

"...목사님, 악마는 제 옷의 주름에 있는 그림자에 스며들었고, 발끝에는 다가갈 수 없는 죽음이... 밟혀요... 제 세상은 녹아 흐르고, 거기에는 십자가도 있어요..."

녹차를 한 입도 대지 않은 민희는 조용히 자리에서 일어나 진성이 손쓸 틈도 없이 문을 열고 나갔다.
진성의 어머니는 태어나셨을 때부터 신을 섬기셨다는 말을 들었다.
이번 일로 그녀의 어머니와의 관계는 더욱 좋지 않아질 것을 알았다.
그렇지만, 녹아가는 것은, 살아 있는 것은, 영롱하게 빛나는 것들은 그녀를 더 이상 구원할 수 없었다.

십자가는 더 이상 그녀의 축 위에서 흔들리지 않았다.

신은 나를 죽이고 있었고 그녀에게 남은 것은 그것을 받아들이는 길 뿐이었다.

계단을 내려가면서 쫓아와서 그녀를 집지 않는 진성이 밉지는 않았다.

그저 서러웠다.

그는 모를 것이다.

그는 그를 제외한 둘러싼 모든 것이 흐물흐물하게 녹지 않으니까 말이다.

그녀는 교회에서 나가 이리저리 흔들리는 물결 같은 시야와 함께 붉은 벽돌로 된 건물에서 나왔다.

그녀에게 교회는 너무나도 찬란했다.

그것은, 절대자를 가둔 그것은 너무나 아름답게 빛나고 있었다.

민희가 교회 건물에서 멀어지는 것을 보고 진성의 어머니와 진성이 대화하는 것이 들렸다.

교회 앞에서 진성은 그녀의 어머니께 뭐라고 말하고 있었고, 눈물을 흘리고 있었다.

그리고 영적인 싸움이라는 그녀의 어머니가 소리치는 말이 들렸다.

진성의 어머니는 20걸음도 더 떨어져 있지 않은 그녀에게 다가왔다.

그리고 앙칼진 목소리로 그녀를 불렀다.

숨을 가쁘게 쉬고 있는 민희가 그녀를 향해 고개를 돌리자 진성의 어머니는 큰 소리로 소리쳤다.

"미안한데, 앞으로 우리 진성이 만날 생각하지 말았으면 좋겠다... 이제 찾아오지 말거라, 난 우리 진성이 교회 믿지 않는 여자랑 결혼시킬 맘 없다. 그런 줄 알거라, 불쌍한 아이인줄 알았더니, 건방

지구나... 감히..."

격정을 쏟아붓는 그의 어머니의 눈은 파르르 떨렸고, 진성이 이쪽을 쳐다보는 것이 저 멀리서 보였다.

산책길에서 처음으로 받은 그의 시선과는 너무도 다른 시선을 온몸으로 느꼈다.

그녀의 어머니는 금방이라도 민희의 뺨을 칠 기세였으나, 한참을 노려보는 분노로 몸을 부르르 떨고 돌아서 걸어갔다.

진성을 키운 어머니의 뒷모습은 너무나 컸다.

커리어 우먼인 그녀는 검은 정장치마와 블라우스를 입고 멀어져 가고 있었다.

반면 자신은 보잘 것 없는 사람이었다.

민희는 후줄근한 티에 색이 다 빠진 청바지를 입고선, 교회로 돌아가는 그의 엄마와 망연자실한 표정으로 서 있는 그를 보고 있었다.

그리고 곧이어 그런 광경조차 천천히 녹았다.

그 광경을 잊지 않아야 된다고 말하듯이 아주 천천히 녹아갔다.

진성은 자신의 쪽으로 올 생각을 하지 않았다.

민희는 돌아서서 눈물을 흘렸다.

그의 어머니보다 그의 본질에 다가설 수 없을 것이라는 생각이 들었다.

민희는 교회를 등지고 뒤돌아서 눈물을 거칠게 훔쳐내고 앞을 향해 걷고 또 걸었다.

나는 시체였다.

아무것도 하지 못하고 누워 있는 시체, 구더기가 꼬여서 몸이 파먹히는데도 아무것도 하지 못하는 불행한 시체였다.

민희는 자신을 외면하고 있는 사내에게 기도를 올렸다.

'신이시여, 저을 부서지게 하지 마세요' 하고 기도를 올렸다.

그렇지만 민희의 절대자는 그녀를 보지 않고 그의 어머니의 차에
오르고 있었다.

절대자는 그녀를 돌아보지 않았다.

절대자는 그녀의 눈물 닦아주지도 않았다.

그녀의 슬픔 같은 건 신경쓰지 않는 것 같았다.

절대자는 그녀를 자신의 축 위에 올리는 것 외에는 아무런 관심이
없는 것 같았다.

그는 기도하고 또 기도했다.

'절대자님, 나의 절대자님 제발 부디 저를 안아주세요, 절대자님 어
린양을 구해주세요, 절대자님, 제발 저를 구하세요, 절대자님 저를
제발 봐주세요' 하며 올린 간절한 기도는 아무래도 그에게 전혀 전
달되지 않은 것 같았다.

그녀의 신과 그의 엄마가 탄 차는 속도를 줄이지 않고 민희의 옆
으로 '휙'하고 지나가 버렸다.

그녀는 아무런 생각도 하지 않고 영혼이 나간 것 같은 표정을 하
고 거리를 걸었다.

예배가 끝나고 돌아가는 이들의 차가 몇 번이고 그녀를 지나쳐 갔
다.

감정이 격해지면 증세가 심해진다는 것을 알았지만, 더 이상 감정
을 주체할 수가 없었다.

신은 그녀를 떠나갔고 그녀는 울고 있었다.

그녀는 노모에게 전화를 걸고 싶었지만, 또다시 자신의 감정을, 부
정적인 감정들을 나누게 하고 싶지 않았다.

그녀는 하늘을 바라보았다.

하늘은 자신에게 이런 일이 있는지도 모른다는 듯이 아무런 변화
도 느껴지지 않았다.

푸른 하늘이 미웠다.

하늘도 녹아서 자신의 앞에 흘렀으면 좋겠다고 생각했지만, 하늘은 녹아 흐르지 않았다.

그저 그 위에서 그녀의 비극을 덤덤한 표정으로 지켜볼 뿐이었다.

민희는 어느새 달리기 시작했다.

지금까지 있었던 일들을 떼어낼 수는 없겠지만, 버스를 타는 터미널까지 달리고 또 달렸다.

빨리 여기에서 도망치고 싶었다.

녹는 것들과 어우러져서 그대로 섞여 버렸으면 좋겠다고 생각했다,

핸드폰에 진동이 느껴졌고 진성이 보내는 문자임이 분명했지만, 그녀는 핸드폰을 꺼내고 싶지 않았다.

핸드폰을 꺼내 그가 말할 실망을 들으면 자신은 더 이상 버틸 수 없을 것 같았다.

그녀는 소리를 질렀다.

주변사람들이 자신을 쳐다보는 것이 느껴졌지만, 아무렇지도 않았다.

그날은 자신의 신이 자신만을 바라보아주지 않는다는 것을 안 날이었다.

민희는 자신이 진성의 엄마의 말처럼 아무런 힘도 없는 불쌍한 아이라는 생각을 했다.

그리고 그녀의 머리 위로 비가 쏟아지기 시작했다.

비는 점점 굵어지더니 그녀의 온몸을 타고 흐르기 시작했다.

그녀는 비를 맞으면서 터미널로 뛰어갔다.

젖어 가는 옷을 보았고, 숨이 가빠지는 것이 느껴졌다.

이렇게 오랜 시간을 달린 적은 없었다.

자신의 땀과 빗물이 섞여 끈적끈적한 것이 느껴졌다.

빗물은 차갑고 오히려 기분이 좋았다.

이것은 자신을 외면한 남자가 뿌리는 벌이라고 할지라도 자신은

달게 받아야만 했다.

왜냐하면 자신은 죽어가는 도태된 존재이기 때문이었다.

터미널에 도착한 그녀는 숨을 헉헉대면서 몇 분 동안 의자에 엎드려 움직이질 않았다.

그리고 터미널에 있는 이들을 헤치고 표를 끊었고 바로 서울로 출발하는 버스에 몸을 실었다.

버스는 아무렇지도 않게 바로 목적지로 출발했다.

앞에 있는 보라색 의자는 버스가 흔들릴 때 마다 덩달아 흔들렸고, 버스에 탄 이들은 즐겁게 떠들어댔다.

그녀의 마음은 제발 진정하라고 외쳐댔지만, 아무런 소용이 없었다.

그녀는 자신이 버림받았지만, 주인을 다시 찾아오는 강아지처럼 낑낑거리며 다시 진성에게 돌아가고 싶어 할 것을 알았다.

터져 나오는 비명을 삼키며 이를 악물어 입을 닫았다.

민희는 지금 자신의 얼굴을 남이 본다면 과연 어떨까 하는 생각이 들었다.

울고 있을까 아니면, 망연자실한 표정일까

아마도 자신이 짓고 있는 것은 세상을 잃은 표정임이 분명했다.

민희도 진성의 어머니와 잘 지내기 싫었던 것은 아니다.

자신은 도태된 종이었고, 그에 비해서 너무도 모자랐다.

자기가 부족한 걸 알기에, 더는 눈 밖에 나고 싶지 않아서 그와 그의 엄마가 권유했던 일을 묵묵히 받아들였다.

그렇지만, 신도 그녀의 본질에 대해서 궁극적으로 설명해주지 못하였다.

그리고 자기 자신은 신 앞에 서 있는 실존적 존재가 아니라는 사실을 알았다.

신 앞에 마주한다고 해도 신은 흔적도 없이 녹아내릴 것이다.

그녀는 성스러운 십자가 밑에서도 녹을 수 없던 것이었다.

민희는 당장 그에게 전화를 걸어 들려오는 찬송을 듣고 싶었다.

교회에 다녀오고 몇 주 뒤에 민희는 소파에 기대어 텔레비전을 보고 있는 어머니 옆에 앉았다.

그녀의 노모는 전기료가 많이 나온다면서 항상 작은 전구를 사용하는 주방의 불을 켜고 텔레비전을 보았다.

민희는 눈이 더 나빠질 것이라고 이야기를 했으나, 엄마는 듣지 않았다.

당시에는 아직도 진성과 연락이 되지 않은 채였다.

그를 따라 교회에 갔고, 거기서 쫓겨 왔다는 말을 한다면 분명 그녀의 어머니는 슬퍼할 것이었다.

민희는 입을 다물었고, 교회에 갔다 왔다는 말은 입 밖에 꺼내지도 않았다.

민희가 소파에 앉자 어머니는 씁쓸한 눈으로 고개를 돌려 그녀를 바라보았다.

둘은 대화를 그렇게 자주 하는 편이 아니었지만, 민희가 노모에게 말을 할 때면 항상 삶에 대한 이야기들을 주고받곤 했다.

노모는 민희가 자신의 삶에서 깜박이는 삶의 균열에 대해 말할 것임을 알았고, 조용히 그녀를 쳐다보았다.

"엄마는... 신을 믿나요?"

그 질문은 그녀의 노모가 사랑하던 이를 잃고 나서 수백 번, 수천 번도 하늘에 물어 보았던, 그렇지만, 단 한 구절도 답변을 듣지 못했던 질문이었다.

노모는 잠시 민희의 의중을 살피는 듯 하더니, 잠시 후에 입을 열었다.

"엄마도 성인이 되어 집에서 나오기 전에는 하느님이 있을 것이라고 믿었단다. 거룩한 존재는 날 만드셨고, 항상 내려다보고 있다고... 그러니 항상 정결하게 살아야 한다고 생각했단다..."

민희는 입을 열려다 노모가 잠시 입을 닫고 말을 고르고 있다는 사실을 알고 노모의 옆에서 조용히 기다렸다.
노모의 눈에는 슬픔의 빛이 가득했다.
민희는 노모의 말을 더 이상 듣고 싶지 않았다.
노모의 얼굴에 서글픔이 묻어나게 만들고 싶지 않았다.
그렇지만, 그녀의 어머니는 담담히 말을 이어 가기 시작했다.

"..결혼하고 네가 3살 때, 그이는 사고로 하늘에 가셨단다... 엄마가 몇 번 말해준 적이 있지? 그이는 트럭 운전수였어, 회사에 화물을 납품했고, 단 3시간만 자고 물건을 운반하러 나간 적도 있단다... 뒤에 오는 트럭 운전수는 졸음운전으로 멈춰있던 그이에게 부딪혔고, 그렇게 어느날 갑자기 엄마의 곁에서 떠나가 버렸단다... 아마 지금 그이가 살아 있었더라면, 엄마도 살아 있었을 거란다..."

노모는 남편이 사고를 당하던 날 아침에 봤던 신문과 사고 당시 입었던 옷, 구두, 그와 찍었던 사진까지 전부 장롱한 구석에 보관하고 있었다.
노모는 아마도 그의 물건에 배인 그의 냄새가 빠지질 않길 바라고 있는지도 몰랐다.

노모는 민희에게서 고개를 돌렸다.

그녀가 울고 있는지, 그렇지 않은지는 알 수 없었지만, 민희는 답을 듣고 싶었다.

세상의 전부를 잃은 이가 신에 대해 어떻게 생각하고 있는지 말이다.

"그이가... 떠났을 때, 나의 신은 떠난 거란다 얘야... 그렇게 좋아하던 시도 손이 떨려서 쓸 수 없었고... 아무것도 할 수가 없었어, 살아 있었더라면 어떻게든 풀면 되지만, 그이는 사과조차 닿을 수 있는 곳으로 가버렸단다... 마음속에는 영원히 살아있다지만, 지금 내쉬는 숨이 마지막 숨이 될지도 모르는 인간에게 영원함은 너무나 무겁더구나... 얘야..."

민희는 그녀의 답을 듣고 만족했다는 표정을 지었다.

그리고 노모를 작은 어깨로 안아주었다.

노모는 언제부턴가 너무나 약해져 있다는 생각이 들었다.

아버지가 떠난 이후 그녀는 계속해서 썩어갔기 때문일 것이다.

티비소리는 안고 있는 둘을 전혀 방해하지 못했다.

어두컴컴한 실내에서 영원하지 않은 이들의 실존만이 타고 있었다.

교회에서 뛰쳐나오고 나서는 한동안 진성과 만나지 못했다.

아무리 그에게 전화를 걸어도 받질 않았고, 그녀 자신은 녹지 못하는 채로 몇 주가 지나갔다.

아마도 진성의 어머니는 믿음이 다른 그녀를 만나지 말라고 진성에게 윽박질렀을 것이 분명했다.

그리고 얼마 지나지 않아 부모님이 직장을 옮기면서 진성은 강원도로 이사를 가게 되었다.

그때 거리가 멀어짐으로써 절대자는 그녀에게서 멀리 떨어져, 볼 수 있는 기회가 더 없어질 것이라는 것을 알았다.

진성이 읊어주었던 시는 귓속에 맴돌았고, 그가 즐겨 입던 옷과 좋아했던 음료, 습관과 실수까지 몇 번이고 머릿속에 재생되었다.

그렇지만, 다행히 그가 화천으로 이사를 감으로서 둘이 볼 수 있는 시간은, 둘이 녹아내릴 수 있는 시간은 더 많아졌다.

대학교를 옮길 수는 없었기 때문에, 그가 대학교 근처에서 하숙생활을 시작한 것이다.

그리고 졸업을 하기 전까지 둘은 함께였다.

진성은 민희의 증상을 교회가 어떻게 해결해 줄 수 없다는 사실을 알고 마음을 돌렸다.

그녀와 어울리지 말라는 부모의 말에 저항했고, 생각을 정리했다.

그리고 마음속의 우선순위를 정하고 다시 그녀 앞에 나타났다.

진성이 생각하기에 결국 십자에 매달린 이는 민희보다 그의 본질에 더 영향을 미치고 있지 않았던 것이다.

어머니를 따라 20여년을 교회에 따라간 진성에게 이것은 쉬운 결정이 아니었지만, 또 그렇게 어렵게 생각할 문제도 아니었다.

답은 간단했던 것이다.

삶의 답은 가까이에 있었고, 민희와 함께하는 것이 더 정답에 가깝다고 느꼈던 것이다.

책상에 엎드려 머릿속을 지나가는 것들은 그와 같이 갔던 교회에 대한 생각뿐만이 아니었다.

그와 같이했던 7년간은 모든 기억들이 터져서 흘러내렸다.

그와 함께 몇 년을 걸었던 살구나무 길, 그 거리에서 봤던 벚꽃보다 조금 늦게 피는 살구꽃과 가을이 되면 썩은 열매로 뒤덮이던 길.

눈 오늘날 그녀의 아파트 바로 뒤 살구나무 길에서 했던 첫키스와 숨 막히는 격정의 몸짓, 그리고 그의 첫 아르바이트 월급으로 맞춘 금색으로 빛나는 커플링과 헤어지게 되면 왼손의 네 번째 손가락을 잘라 준다고 했던 기억까지 민희의 머릿속에 엉망진창으로 녹아 흘렀다.

헤어짐이 있으면 이별도 있다고 하지만, 민희는 진성과 헤어지고 싶지 않았다.

죽음이 둘을 갈라놓을 때까지 손을 놓고 싶지 않았다.

민희는 이번에 진성이 자신을 보려고 서울로 내려오면 끝을 선고할 것이라 생각했다.

종착역은 이제 얼마 지나지 않아 도착할 예정이었고, 어떻게든 막고 싶었다.

지금 자신이 매달려도 그의 마음을 돌릴 수 있을 것인가 생각이 들었다.

그녀의 생명이 불꽃이 위태롭게 흔들리는 만큼 그들의 관계도 꺼지기 직전이었다.

민희는 침대에 누웠다.

침대는 너무나 차가웠다.

여름인데도 몸이 으슬으슬 떨렸고, 책상 위에 굴러다니는 주황색 안정제 통이 보였다.

약도 다시 병원에 가서 타 와야 했다.

도태된 존재인 내가 주류인 그와 영원히 함께하는 것은 처음부터 불가능한 전제였는지도 모른다.

민희는 이미 가구와 집의 인테리어, 자녀계획까지 생각해 두고 있었다.

그와 함께 생을 보내는 것만이 자신의 본질이며, 이루어야 할 목표라고 생각하였다.

그렇지만 이제 그 버킷리스트는 산산이 부셔져 조각조각 나눠져 기울 수도 없는 상태가 되었다.

푸르게 빛나고 있는 세상 속에서 그녀는 색조를 잃고 앉아 있을 수밖에 없었다.

억지로라도 누군가에게 괜찮다는 말을 하지 못할 것 같았다.

인생의 약 4분의1을 함께한 이가 자신을 두고 떠나려고 하고 있었다.

그녀의 세상 그 자체가 떠나가고 있었다.

자신을 외면하고 떠나가는 가시관을 쓴 사내를 용서할 수 없을 것만 같았다.

다른 이와 다시 유대를 쌓고 함께 지낸다고 해서 그와 함께 느꼈던 감정들을 다시는 느낄 수 없을 것 같았다.

창밖으로 내다본 풍경은 부셔져 녹아 흐르고 있었다.

민희는 자신의 삶이 진성과의 이별을 경계로 의미를 잃고 점점 쇠락해지며, 끝내 본질을 잃고 마지막 숨을 내쉴 때까지 다른 정착지를 찾지 못할 것 같았다.

최근에 그와 함께하면서 가장 행복했던 순간이 머리에 조금씩 떠올랐다.

실낱같은 그 기억은 점점 번져서 그의 머리를 가득 메워갔다.

반년 전 겨울, 대학 졸업을 앞둔 진성과 자신은 점점 끝이 다가온다는 사실을 서로 조금씩 눈치채고 있었다.

그는 졸업한 후에 강원도에 있는 집으로 들어갈 것이었고, 한 달에 몇 번 만나지 못할 것이다.

둘은 마지막이 다가오는 사랑을 기념하며, 남쪽 끝으로 기차를 타고 여행을 떠났다.

눈이 녹지도 않고 그대로 땅바닥에 얼어붙어 있는 겨울, 우리는 옷을 잔뜩 껴입고 바다로 떠났다.

진성은 여행 내내 말을 아꼈고, 민희는 자신의 손을 잡고 있는 그를 올려다보면서, 너무도 차갑게 느껴진다는 생각을 했다.

진성이 기차역에서 방향을 잘못 들어 기차 반대편에 서 있었는데도, 민희는 화를 내지 않았다.

다만 묵묵히 기차역에서 오가는 사람들과, 팔짱을 끼고 걸어가는 연인들, 떨어지는 눈송이를 바라보았다.

민희는 항상 주머니에 챙기고 다니는 안정제 통을 만지작거리며 진성과 함께 하는 여행에 약을 먹지 않았으면 좋겠다는 생각을 했다.

그리고 저속열차가 역에 들어오는 그 순간까지 집중해서 바라보았다.

그와 함께하는 순간 하나하나를 마음속에 남기고 싶었다.

언제든지 이 순간을 추억하며 꺼내볼 수 있도록 말이다.

민희는 그의 손을 '꼬옥' 잡았다.

흐른 먹구름은 눈송이를 뱉어 냈고, 두꺼움 패딩을 입었음에도 추위가 새어 들어왔다.

진성은 민희가 패딩 지퍼를 목까지 올리지 않았다는 것을 보고 그녀에게로 다가와 지퍼를 끝까지 올려주었다.

그녀는 그를 보면서 미소지었다.

그 미소는 왠지 모르게 씁쓸하게 느껴지는 미소였고, 진성도 덩달아 그녀의 칠흑같은 눈동자를 쳐다보며 웃었다.

그날따라 작은 야생동물 같은 민희의 눈동자는 티 하나 없이 맑았다.

둘은 기차역에 들어온 구형 열차에 올랐고, 둘은 나란히 앉아서 기차가 출발하기를 기다렸다.

창가 쪽 좌석은 민희에게 양보했기 때문에, 그녀는 전선과 화물차, 철로가 늘어져 있는 기차역의 광경을 뚫어져라 쳐다보고 있었다.

지금 이 순간이 영원과 같이 늘어졌더라면 얼마나 좋을까 하는 생각을 했다.

기차는 부산에 도착하지 않고 영원히 기찻길을 타고 달리는 것이다.

그리고 여행의 설렘과 기대에 섞여 그의 옆자리에서 창밖을 보고 있는 것이다.

그녀의 입김으로 창은 흐려졌고 민희는 하트를 그리고 그에게 보여주었다.

진성은 민희의 머리위에 손을 올리고 웃더니, 그녀에게 기대었다.

기차는 조금씩 선로를 타고 나아갔고, 그렇게 어디론가 떠나서 돌아오지 않았으면 좋겠다는 생각을 했다.

불안감이 느껴지자 다시 숨이 가빠지며 창밖의 것들이 녹아내리는 것이 느껴졌지만, 민희는 이 순간을 망치고 싶지 않았다.

그렇기에 이를 악물고 감정을 흘러 넘겼다.

너무나 행복했다.

겨울 볕은 유리창을 뚫고 자신과 진성을 비춰주고 있었고, 앞뒤에 앉은 이들의 시끄럽게 떠드는 소리가 들렸다.

그 작은 열차 안의 한 켠에 앉아서, 진성과 처음 가보는 곳으로 떠나고 있었다.

민희는 자신의 손을 잡고 있는 그의 하얀 손을 바라보았다.

그는 남자임에도 손이 무척 곱고 하얗다.

나중에 반드시 그와 함께 더 먼 곳으로 떠나보고 싶었다.

더 먼 곳으로 떠나 돌아오지 않고 싶었다.

어디론가 녹지 않는 곳으로 떠나 둘이 함께 지평선과 쓸쓸한 바람을 느끼면서 걸어보고 싶었다.

창밖에 보이는 하얗게 덮인 풍경을 보면 그 사이로 들어가 몸을 묻고 싶었다.

그와 함께 있는 이 순간, 그녀는 살아 있었다.

민희는 의자에 앉아 7시간이나 되는 시간 동안 단 한순간도 눈을 감지 않았다.

눈을 감으면 이 순간이 날아가 버릴 것 같았기 때문에, 그녀에게 고개를 기댄 채로 잠에 든 진성을 쳐다보고 있었다.

이 여행은 서서히 멀어질 것을 알고 있는 둘의 떨어지지 않으려는 마지막 발악 같은 것이었다.

정신없이 지나가는 풍경들과 계속해서 타고 내리는 사람들은 둘에게 아무런 관심도 없는 듯 제 갈 길을 가기 바빴다.

민희는 자신의 무릎에 얹힌 크고 길쭉길쭉한 손을 한참동안 쳐다보고 있었다.

그 길고도 짧은 시간은 얼마 지나지 않아 끝나버렸고, 오후 5시가 다 되어서 도착한 둘은 몸을 누일 숙소로 향했다.

민희는 부산에 온 적이 없었기 때문에, 다음날부터 그와 가기로 한 장소들을 핸드폰으로 살펴보면서 그의 손을 잡고 지하철에 올랐다.

지하철을 타니, 서울과 별다를 것이 없다는 생각이 들었다.

창문을 뚫고 오는 햇볕너머로 건물들이 전부 하얗게 눈에 덮여 있는 것이 보였다.

그리고 지평선을 넘나드는 시퍼런 바다를 보았을 때 그제서야 다른 지역에 왔다는 실감이 들었다.

민희는 해변과 바위를 집어 삼키려고 애쓰는 바다의 끝자락을 계속해서 바라보았다.

오랜만에 마음이 편안해지는 것이 느껴졌다.

집에만 있었다면 분명 느끼지 못했을 감정이었다.

모든 것이 녹아내리는 듯이 보이는 병을 앓고 있던 그녀는 부산뿐만 아니라, 집에서 이렇게 멀리 와 본 것이 처음이었다.

진성이도 그것을 알고 있었고, 그녀의 증세가 심해지지 않기를 빌었다,

그는 민희의 손을 꼬옥 잡았고, 그런 그의 마음이 전해지는 듯, 바다 주변에 있는 숙소에 도착할 때까지, 아무런 증상이 없었다.

그녀 자신도 갑작스레 먼 곳에서 그런 증상이 벌어질까 염려했지만, 사실 그의 손을 잡고 가는 그 어떤 곳이라도 민희는 다른 사물이 아니라 그녀 자신을 녹였을 것이고, 증세는 나타나지 않을 것이었다.

둘이 2박을 할 모텔 자체는 그렇게 시설이 좋지 않았고, 저렴한 곳이었지만 그런 것 따위는 중요치 않았다.

싸구려 모텔에 짐을 푼 그들은 닫혀 있는 창문을 열고 바깥을 바라보았다.

민희는 항상 넓게 펼쳐진 바다를 보고 싶어했다.

사람들이 넘쳐나는 여름에 바다에 온다면, 발작이 일어날 것이 분명하기 때문에 아무도 없는 겨울 바다를 보고 싶었던 것이다.

그리고 어디에선가 바다는 소금이 함유되어 있어 얼지 않는다는 말을 들은 그녀는 겨울 바다에 집적 가서 그 말을 직접 확인해보고 싶었다.

그 추운 바람을 타고 온 파도를 마주하며 온몸으로 바다를 맞이하고 싶었다.

민희는 3일밖에 되지 않는 그들의 여정에서 어서 밖으로 나가 추

억을 쌓고 싶었으나, 7시간 이나 되는 여정으로 둘이 지쳐있었기 때문에 창문을 열고 눈이 소복이 쌓이는 창밖을 바라보는 것으로 만족했다.

차가운 바람이 작은 드라이기와 재질이 그다지 좋아 보이지 않는 휴지를 돌아 방안을 휘감았기 때문에 민희는 어느 정도 창밖을 쳐다보다가 문을 닫았다.

같은 방 안에 진성과 둘밖에 없는 것이다.

후에 민희는 둘이 식을 올리고, 같은 방에서 먹고 자며, 사랑을 속삭이게 되는 그 순간을 두 눈으로 확인하고 싶었다.

그것이 그녀의 삶의 목표이자 이유였다.

민희는 침대에 누워있는 진성을 쳐다보았다.

그는 당장이라도 그녀를 녹여버릴 듯한 눈으로 쳐다보고 있었다.

그녀는 그의 그런 눈이 좋았다.

눈지방이 많아서 느끼하고 야릇한 눈으로 그녀의 굴곡을 응시하고 있었다.

그는 근육이 있는 몸은 아니었지만, 속의 피부는 자신보다 더 하얗고, 매끄러웠다.

또한 비율도 상당히 좋았기 때문에, 그 부드러움 속에 어서 들어가 녹고 싶었다.

그는 살짝 웃으며 그녀에게 다가오라고 손짓을 했고, 민희는 장난스럽게 침대에서 더 떨어졌다.

낯선 모텔방에서 민희는 그에게 잡힐 듯 말 듯 장난을 쳤다.

마침내 그에게 손목을 잡혔고, 진성은 민희의 손목을 끌어서 뒤에서부터 끌어 앉았다.

벌써부터 거칠어진 그의 숨소리와 격정이 그녀의 목덜미에 전해졌다.

그녀는 자기 자신이 서서히 그에게 녹아가고 있음을 알았다.

민희는 몸에 조금씩 힘이 빠져갔고, 진성은 그 순간을 놓치지 않고 그녀가 입고 있는 상의 사이로 손을 넣어서 조금씩 그녀의 피부를 탐닉했다.

그녀의 배와 골반, 그리고 가슴과 허벅지까지 이리저리 민희의 몸을 어루만졌다.

진성을 그녀의 귀를 살짝 깨물고 주체할 수 없는 욕정을 민희의 엉덩이에 부벼대었다.

보조등만 켜진 모텔의 실내가 그들의 사랑의 움직임을 비추는 스포트라이트 같았다.

그는 민희의 바지와 티를 순식간에 벗겨버렸고, 속옷을 차례차례 벗기어갔다.

그녀는 진성의 행동에 조금씩 반항했지만, 그를 더 안달 나게 만들었다.

민희는 자신의 몸에 헝겊조차 없게 되자 이불 속에 들어가서 구릿빛 몸을 가리었다.

그렇지만, 금세 이불 속까지 쫓아 들어온 진성은 그녀의 위에 몸을 포개었다.

그녀는 그의 몸이 주는 압박감을 그대로 맞으면서, 그의 눈동자를 바라보았다.

진성의 눈동자에는 헐벗고 누워있는 자신의 모습이 보였다.

자신이 사랑스러운 모습을 하고 있는지 걱정스러웠지만, 진성도 알몸이 되어 그녀의 몸을 입술로 키스하며 점점 내려갔기 때문에 그런 생각은 곧 사그라들었다.

그리고 그녀의 장미 사이에 이슬을 핥으며, 혀를 움직였다.

민희는 허벅지를 움츠렸지만, 그는 거리낌 없이 장미 속에 있는 그녀의 옥구슬을 혀로 어루만졌다.

그녀는 허리를 움찔거리며 몸을 움직였고, 진성은 그런 그녀를 보며 더욱 짓궂게 혀를 움직였다.

민희는 짙은 갈색인 그의 머리카락을 붙잡았고, 그는 그녀의 가느
다란 허리 뒤로 보이는 탐스러운 복숭아 언덕을 보았다.

그러고선 허리를 훑고 지나가 흔들리는 그녀의 젖가슴을 움켜쥐고
입에 물었다.

진성은 자두씨 같은 그녀의 사랑스러운 것을 일부러 이로 물었고,
그럴 때마다 민희는 격렬하게 반응했다.

진성은 민희의 쏙 들어간 허리와 가녀린 목, 그리고 그가 때리듯이
어루만질 때마다 흔들리는 엉덩이를 쓰다듬었다.

민희는 그의 품에서 서서히 녹아갔고, 그녀는 이제 그와 함께 녹아
가길 바라고 있었다.

둘은 호흡이 가빠지고 있었고, 진성은 그녀의 장미에 욕정을 마구
집어넣었다.

민희는 민감하게 반응하며, 그의 욕정을 감싸 안았고 진성은 조금
씩 욕정을 앞뒤로 움직이기 시작했다.

민희는 그의 뒤로 보이는 주황색 조명이 흔들리는 것이 느껴졌다.

그리 푹신하지 않은 침대가 조금씩 움직였고, 민희는 이불을 부여
잡았다.

진성은 그녀를 마구 유린했고, 민희는 점점 녹아 흘러갔다.

그는 그녀가 헉헉대면서 젖가슴이 위 아래로 흔들리는 것을 바라
보았다.

민희는 너무나 아름다웠다.

쾌감에 고통스러워 하는듯한 얼굴은 그를 더 격정적으로 반응하게
만들었고, 그는 이미 무아지경으로 욕정을 움직이고 있었다.

진성을 민희를 엎드리게 했고, 그녀를 뒤에서 감싸 안고 욕정을 넣
었다.

그녀의 탱탱한 엉덩이가 진성의 욕정에 맞추어 흔들리고 있었고,

민희는 신음을 지르며 녹아갔다.

진성은 그의 가려린 허리 밑으로 이어진 풍만한 엉덩이를 잡고 침대가 삐걱거릴 때까지 흔들었다.

둘은 침대 위에 녹아 흘렀다.

그는 민희를 다시 돌아 높힌 뒤에 그녀를 안았다.

그리고 겨울인데도 땀이 나는 몸에 자신의 몸을 포개었고, 그녀의 장미를 마구 유린했다.

그녀는 이불을 잡고 그의 욕정이 깊숙이 들어올 때마다, 허리를 움직였다.

그렇지만 그의 욕정은 쉴 새 없이 민희를 몰아치며 녹여갔고, 욕정은 사정없이 장미를 뒤덮었다.

그제서야 둘은 움직임을 멈추고 땀과 타액으로 범벅이 된 몸을 뉘이고, 서로를 잡았다.

민희는 진성의 가슴을 쓸어내렸다.

욕정은 아직도 꺼지지 않은 채 이불을 들고 있었고, 그녀는 장난스럽게 그의 욕정을 만졌다.

진성은 민희의 어깨를 꼭 끌어 앉은 채로 이불을 끌어다 그녀와 함께 덮었다.

아직까지 둘은 숨을 몰아쉬고 있었고, 민희는 옆에 있는 휴지를 뽑아 그의 욕정을 닦아내었다.

진성은 아무런 말을 하지 않았다.

민희도 그렇다고 해서 서운하지는 않았다.

그가 무슨 생각을 하고 있는지 알았기 때문이다.

앞으로 둘의 사이가 유지될 수 있을까 하는 생각으로 머리가 가득 차 있을 것이다.

현재 2개월 남짓한 시간 뒷면 대학을 졸업할 시기였고, 그는 화천에 올라가 둘이 만날 수 있는 시간은 매우 드물 것이다.

특히 화천에서 직장을 잡는다면, 같이 방을 쓸 수조차 없을 것이다.

결혼 따윈 하든 안 하든 상관도 없었다.

둘이 함께하는 것이 중요했다.

남자와 여자가 결혼하는 것은 각자의 집에 가 있는 시간도 버틸 수 없어 서로의 삶이 곧 하나가 되는 것이라는 말을 들은 적이 있다.

민희는 둘이 돈을 벌게 된다면, 같이 천장을 바라보고 살고 싶었다.

도태된 삶을 사는 그녀에게 큰 바람이었지만, 동시에 그녀의 유일한 소망이었다.

"...우리 계속 만날 수 있겠지?"

"그럼..."

진성은 자신의 팔을 베고 있는 민희를 보면서 그녀가 말함과 동시에 대답하였다.

그도 그런 생각을 하고 있던 것이 분명했다.

"어떤 일이 있든지 간에, 함께 할 거야... 취직이 되지 않던지, 그 누군가 반대한다고 해도, 네 옆에서 널 녹일게..."

그는 새끼손가락을 걸고 약속을 하려고 했고 민희는 장난스럽게 손가락을 피했다.

진성은 그녀의 손가락을 가지고 와서 걸고 억지로 걸고 말했다.

"의심하지 마, 우리 둘은 반드시 결혼식장에 꼭 걸어들어 갈 거니까..."

"......"

민희는 그의 말이 신빙성이 없다고 생각하는 것이 아니었다.
그렇지만, 둘이 견뎌내야 할 일은 수없이 많았다.
그녀는 불안했고, 천장이 녹아내린 둘에게 떨어지려고 하는 것을
보았다.
민희는 발끝에 힘을 부어 불안감을 억눌렀고, 진성의 하얀 피부에
얼굴을 묻었다.

"진성아... 너는... 우리가 만난 것이 운명인 것 같아?"
"응... 운명이야, 피할 수 없는 운명, 그 아름다운 산책길에서 널 만
나지 않았다고 해도 아는 분명 이 세상 어딘가에서 널 발견했을
테고, 나는 너에게 시를 건네었을 테고 수백 통의 편지를 썼을 거
야... 그리고 네게 사랑한다는 말을 멈추지 않았을 거야"
"고마워... 날 사랑해줘서, 가치 없는 날 사랑해줘서..."

진성은 가슴에 기대고 있는 그녀의 머리를 힘주어 안았다.
그의 커피와 같은 부드러운 체취가 그녀의 코를 어지럽혔다.

"그런 말 하지 말기로 했잖아... 더 우울증이 심했어도 난 떠나지
않았을 거야... 모처럼 여행인데 그런 말 하지 말자, 내일 함바그도
먹으러 가야하고... 해변으로 넘쳐흐르는 바다도 질리도록 볼 거야...
그런데 그건 우리의 마지막 여행이기 때문에 보려는 것이 아니야,
우리가 쌓을 수많은 추억 중의 하나가 되기 위해서 보는 거야"

진성은 민희의 뺨을 어루만지며 방긋 웃었다.

민희는 긴장이 풀리자 기차에서 한숨도 자지 않은 것 때문인지 한 번에 피로가 몰려왔다.

둘은 주황 조명 밑에서 눈이 서서히 감겼고, 즐거울 내일이 오길 기대하면서도 동시에 오늘이 가지 않기를 바라고 있었다.

어딘지도 모르는 싸구려 모텔방에서 둘은 점점 같이 녹아갔다.

민희는 독서대 오른편에 걸려 있는 십자가를 멍하니 쳐다보았다.

잠시 의자에 앉은 것인데도 땀이 나서 엉덩이가 축축했다.

2019년 여름은 숨을 쉬는 것조차 힘겨운 습한 날씨였다.

그 뜨거운 날씨는 모든 것을 지글지글 끓게 하고 그녀의 삶마저 녹아내리게 할 것 같았다.

진성에 대한 그녀의 감정이 깊어지는 것과 같이 여름은 가면 갈수록 습하고 더워지며 겨울은 가면 갈수록 추워지는 것 같았다.

민희는 침대에 몸을 던지듯이 누웠다.

천장 위에 보이는 비현실적인 꽃과 나비는 죽은 듯이 그 자리에서 움직이질 않았다.

진성에게 답장은 오지 않았고, 민희는 다시 관 속에 들어가 이불을 머리끝까지 덮었다.

가슴 속에서 이상한 감정이 북받쳐 올라왔다.

이 알 수 없는 감정은 어디에서 올라온 것인지 가슴을 울렸고, 이불과 침대 시트가 녹아가는 것이 느껴졌다.

민희는 눈을 감았다.

그녀에게 있어 졸업을 한 뒤에 달마다 몇 번 만나는 장거리연애가 달갑지는 않았지만 그렇다고 못 버틸 정도는 아니었다.

민희는 한 달에 몇 번씩 진성을 볼 때마다 첫눈에 반해버렸고, 쌓아 두었던 감정들을 나누며 함께 녹아갔다.

자신은 무가치한 사람이었지만, 진성이 그 하찮은 몸을 안아 줄때면 그녀의 본질이 꿈틀대었다.

그렇지만 진성은 그렇지 않았던 것이다.

몸이 멀리 떨어지면 마음도 멀어지기 마련이듯, 그에게 오는 연락은 뜸해졌고, 그의 학원 강사 일이 끝난 뒤의 매일 몇 시간씩 하던 전화는 울릴 줄을 몰랐다.

민희는 처음 그에게서 유대의 단절을 느꼈고 자신은, 자신의 삶은 미치도록 초라하다는 것을 알았다.

마치 쓰다가 버려진 물건 같이 자신의 침대 위에 내동댕이쳐져 있었다.

아마도 그는 자신을 대신할 대용품을 발견한지도 모르겠다는 생각이 들었다.

민희는 고등학교 때 그의 눈에 잘 띄던 것이었고, 본능적으로 그녀를 취하고 떠나버린 것일지도 모른다는 생각을 했다.

그런 그가 원망스러웠다.

그렇지만 민희는 아직 자신에겐 기회가 남아 있다고 생각했다.

다시 둘은 처음 만났던 산책길에서처럼 첫눈에 반하는 일이 가능하다고 생각했다.

그리고 진성은 한동안 써주지 않은 편지를 자신에게 다시 써주고, 자신은 편지를 읽으며 다시 녹아가는 것이다.

며칠이 흘러 주말이 되었다.

녹아버릴 것같이 쬐는 태양은 여전히 아파트 꼭대기 층을 달구고 있었다.

민희는 그가 사준 옷을 꺼내 입고 거울을 보고 있었다.

깔끔한 까만색 티에는 'meet me'라는 영어가 쓰여 있었다.

진성은 그녀에게 이 옷을 사주고 난 뒤에야, 영어를 읽고 남자들이 다가오지 않을까 걱정을 했다.

싸구려 맨투맨 티였지만, 둘의 추억이 담긴 옷이었다.

그녀는 알고 있었다.

오늘이 그와 만날 마지막 날이 되어 자신의 본질은, 자신은, 아무 것도 아닌 것이 되어 길가에 흘러내릴 수도 있다는 것을 말이다.

민희는 짙은 색 청바지를 꺼내 입었고, 거울을 보고 로션을 발랐다.

그리고 평소에는 잘 하지 않던 화장을 했다.

서투른 솜씨였지만 첫 데이트 때 했던 서투른 화장을 그가 다시 생각하기를 바라는 마음에서 다시 화장을 한 것이다.

거울에는 오래 전에 보았던 자신의 모습이 있었고, 마지막으로 봤던 때보다 얼굴이 핼쑥해진 것을 알았다.

깊은 심연과도 같은 그녀의 검은 눈동자만이 거울에 비쳐 빛나고 있었다.

진성이 항상 칭찬했던 그녀의 부드러운 피부도 이제 점점 거칠어지고 있었다.

조금씩이지만 자신은 나이를 먹고 있었고, 아무 것도 한 것이 없이 방안에서 썩어가고 있었던 것이다.

민희는 갑자기 서러운 기분이 들어서 그녀의 방에 서 있는 전신거울을 뒤로 돌려버렸다.

자신이 서 있어야 할 곳은 진성의 옆이었다.

민희는 주머니에 안정제를 쑤셔 넣었고, 그가 사준 머리끈으로 머리를 한 갈래로 묶었다.

그를 놓칠 수도 있는 중요한 날이었지만, 컨디션이 그렇게 좋지는 않았다.

숨이 불규칙적으로 쉬어졌고, 가슴이 떨리고 아팠다.

민희는 이를 악물었다.

그녀는 아직까지 그가 써준 편지가 가득 들어있는 가방을 뒤져서 구겨진 흰색 편지봉투 하나를 꺼냈다.

편지봉투에는 진성이 자주 그려주던 거북이 캐릭터와 꽃이 그려져 흰 봉투를 수놓고 있었다.

이 편지는 둘의 일주년 기념일인 2012년 12월 25일에 그가 써준 한 여류시인의 시가 들어있었다.

민희는 시를 감상하는 방법이나 표현법 같은 것은 잘 알지 못한다. 고등학교에서 배운 정도의 수준밖에 되지 않았지만, 그녀는 그가 써준 시를 읽고 또 읽어 가슴에 새겼다.

그리고 멍하니 천장을 보고 있으면, 읊을 수 있을 정도가 되었다.

-제가 당신을 얼마나 사랑하는지 말씀드리겠습니다.

제가 당신을 얼마나 사랑하는지 말씀드리겠습니다.

눈이 먼 채로 저의 영혼이 도달할 수 있는 그 깊이와 넓이와 높이 까지 사랑합니다.

삶에서 언제나 필요로 하는 태양이나 촛불과 같이 당신을 사랑합니다.

정의를 위해 투쟁하는 이들처럼 당신을 사랑합니다.

처음 칭찬을 받고 수줍어하는 것처럼 그렇게 당신을 사랑합니다.

어린 시절에 잃었던 순수했던 신앙으로, 지난날의 슬픔에 쏟았던 열정으로

나는 당신을 사랑합니다.

나의 성스러움을 보내고 함께 잃은 것으로 당신을 사랑합니다.
내가 살면서 느낄 모든 숨결과 미소와 눈물로 당신을 사랑합니다.
만약 신이 허락해주신다면, 죽어서까지 당신을 사랑하겠습니다.

                                    – Elizabeth. B. Browning

민희는 지금껏 브라우닝의 시 보다 그녀의 마음을 울렸던 시를 찾
을 수 없었다.
그녀의 삶에서 도달할 수 있는 높이와 깊이, 넓이까지 진성을 사랑
할 것이었으며, 끝내 죽어서까지 영원한 사랑을 약속하고 싶었다.
민희는 다시 한 번 영문학사에서 가장 아름다운 사랑을 했던 이의
시를 읽고 편지봉투에 도로 넣어 책상 위에 올렸다.
그리고 현관으로 다가가 무거운 문고리를 돌리고 관에서 나와 밖
으로 나아갔다.
너무 후덥지근하고 습기가 잔뜩 찼기 때문에 나와 있는 이들은 거
의 없었다.
밖에 보이는 햇볕은 지면 위에 있는 모든 것들을 전부 녹여버릴
셈인 것 같았다.
차라리 햇볕이 모든 것을 녹여 한데 어우러졌으면 좋겠다는 생각
을 했다.
밖에 나와 익어가는 나무와 꽃들을 보고 있노라니 가슴이 뛰었다.
어디선가 그의 마음을 돌릴 수 있을 것이라는 근거 없는 마음이
샘솟았다.
민희의 가슴에는 열정이 피어올랐고, 시의 구절이 계속해서 머릿속
을 맴돌았다.
나의 태양이며 절대자인 그는 자신을 보러 오고 있었고, 그가 이별
을 꺼내기 전에 먼저 선수를 치고 싶었다.

그렇게 된다면 그는 그녀의 숨결과 미소와 눈물이 되어 삶에 녹아 줄 것이었다.

그는 어떤 옷을 입고 어떤 생각을 하고 있을 것인지 궁금했다.

민희는 찌는 듯한 햇볕을 뚫고 나가 그와 만나기로 했던 카페로 걸어갔다.

저 뒤로 그녀가 살고 있는 낡은 회색빛깔 아파트가 멀어졌다.

아파트는 제대로 관리가 되고 있지 않았고, 페인트칠이 벗겨져서 다시 칠해야 했지만 여기저기 빛바랜 채로 그 자리에 서 있었다.

그녀는 아파트가 만들어준 그늘을 따라 걸어갔다.

진성에게 전화를 해볼까 하는 생각을 했지만, 그가 냉정하게 반응 한다면 바로 도로에 쓰러져 버릴 것 같았다.

지금 시간은 가장 햇볕이 많이 쬐고 있는 정오였고, 그와의 약속 시간은 1시간 후여서 아직까지는 여유가 있는 편이었지만, 빨리 가서 그를 기다리고 싶었다.

민희는 녹고 있는 아스팔트를 걸으며, 강사 일이 바빠서 그녀에게 연락을 할 시간이 없는 것일지도 모른다는 낙관적인 생각을 해 보았다.

진성은 지금 일이 바빠서 자신에게 신경을 못 쓰고 있는 것이고 자신은 혼자 너무 깊게 생각하고 있는 것일지 모른다.

카페 도착하기도 전에 머리가 아파졌다.

햇볕 때문인지, 그녀의 시야가 녹는 것 때문인지는 몰라도 단지 내에 있는 자전거 거치대와 차들은 녹아 흐르는 것 같았다.

민희는 안정제를 꺼내 입에 넣었다.

오늘만큼은 집에 다시 들어가면 안 되었다.

민희는 주먹을 쥐고 카페를 향해 걸어갔다.

카페 안은 에어컨이 틀어져 있을 테니까 안까지만 들어가면, 자신의 상태도 나아질 것이라고 생각했다.

1시가 되기 30분 전, 자신이 더 빨리 도착할 것이라고 생각했지만, 카페 유리창에 그가 앉아 있는 것이 보였다.

그는 자주 입는 붉은색 체크무늬 난방에 크로스백을 메고 커피를 마시고 있었다.

그곳은 진성이 이사를 가기 전 둘이 자주 커피를 마시던 카페였고, 그는 항상 둘이 앉던 창가 옆의 소파에 앉아 있었다.

둘은 사람이 없는 새벽시간에 나와서 질릴 때까지 삶에 대한 이야기를 하곤 했다.

대학의 전공과 방황부터 나중에 같이 살게 된다면 고양이를 키우기 싶다는 시답잖은 이야기까지 저 소파 위에서 떠들었던 것이다.

그의 앞에 놓인 유리잔에 있는 것은 그가 자주 마시는 라떼가 아니라, 짙은 갈색의 아메리카노였다.

그리고 커피는 유리잔에 꽉 차서 한 입도 데지 않았다는 것을 알았다.

민희는 불길한 예감이 들었다.

카페에서 가장 싼 아메리카노를 시키고 그녀를 기다리는 것은 이제는 사랑이 식어서 그녀에게 쓸 돈은 없는 것처럼 느껴졌다.

진성에게 민희는 2500원의 아메리카노정도의 가치를 지닌 것이었다.

그녀는 잠시 망설이다가, 떨리는 손으로 카페 문을 열고 들어갔고, 진성은 들어오는 민희를 쳐다보지도 않고 누군가와 전화를 하고 있었다.

웃으면서 정신없이 이야기를 하고 있는 그의 모습은 자신과 연애를 시작하고 얼마 되지 않았을 때의 모습을 연상시켰다.

민희는 그가 앉아 있는 연녹색 소파 앞으로 나가가 손을 흔들었고, 진성은 당황한 듯이 나중에 전화한다는 말을 하고 어서 전화를 끊었다.

도로에는 한 사람도 보이지 않았는데, 카페 안에는 사람들로 북적였다.

여기저기서 떠드는 사람들과 주문하려고 줄을 서 있는 사람들, 책을 펴놓고 있는 사람들까지 유대감이 민희를 괴롭혔다.

둘은 한마디도 하지 않고 서로 눈을 피하며 쳐다보고 있었고, 민희는 숨이 가빠지는 것이 느껴졌지만, 침을 삼키며 얼굴에 내색하지 않으려고 애썼다.

보통 둘이 이른 시간에 카페에 오는 것은 드물었다.

민희가 사람이 많은 카페를 싫어하기 때문에, 보통 조용한 새벽에 데이트를 했지만, 오늘의 그는 전혀 그녀를 배려해주지 않고 있는 것 같았다.

민희는 커피처럼 식어있는 그의 싸늘한 눈동자와 눈을 맞추고 그의 맞은편에 앉았다.

진성은 잘 짓지 않는 진지한 표정으로 그녀의 뒤에 있는 광경을 보는 듯 좀처럼 그녀에게 시선을 마주하지 않았다.

밖에서 그렇게나 쨍쨍하던 햇볕은 식어버린 듯 그늘이 깔리기 시작했다.

창문을 뚫고 들어오던 빛은 숨을 죽이고 들어가 버렸고, 금세 비가 올 것만 같이 점점 어두워졌다.

민희는 창가 쪽으로 몸을 기울여 가서 금방이라도 비를 토해낼 듯이 검은 하늘을 보았다.

비가 오는 것은 자신의 상상인지 아니면, 정말 이런 날씨에 갑작스레 비가 퍼부으려고 하는 것인지 모르겠다는 생각을 했다.

그녀는 진성의 굳은 얼굴만을 봐도 기분이 좋았지만, 평소에도 잘 웃는 그가 민희가 들어오자 아무런 말을 하지 않고 마시지 않던 쓴 커피만을 들이키고 있었다.

오늘이 내 삶에 경종을 울리는 끔찍하고 중대한 날인지도 모른다는 생각을 했다.

그가 이별을 고하고 밖으로 나가버린다면 그의 말 한마디에 자신의 삶은 녹아내릴 것이었다.

그리고 자신은 그 정신적 충격으로 아무리 안정제를 먹어도 유대에 대한 거부와 갈망이 뒤틀려 모든 것이 녹는 것을 이겨낼 수 없을 것 같았다.

그들에게 쏟아지던 햇볕은 이제 한줌도 남아 있지 않았고, 카페 안도 더욱 어두워졌다.

민희는 눈이 쏟아지는 먹구름 밑을 걷던, 부산으로 떠난 둘의 여행이 생각났다.

펑펑 내리는 눈과 그 위를 밟고 걸어가는 둘, 그리고 낯선 풍경과 얼지 않으려고 요동치는 바다를 보며 끝까지 함께하기를 바랐던 때를 말이다.

함바그를 먹고 작은 마을버스를 타고 내려, 둘은 지도를 보며 손을 잡고 걸어가고 있었다.

눈을 쉴 새 없이 내뿜는 하늘은 먹구름이 잔뜩 끼어있었고, 얼은 손은 꼭 잡은 채로 그의 주머니에 넣고 터벅터벅 걷고 있었다.

길을 잘 못 들어서 정류장에 가려면 20분은 걸어야 했고, 얼굴이 빨개질 정도의 날씨였지만, 둘은 아무럼 상관없었다.

민희는 항상 눈을 밟는 소리가 좋다는 말을 했고, 진성과 함께 원 없이 그 흰색을 밟고 있었다.

도로를 따라 걸으며, 사방에 깔린 눈을 바라보면서 달맞이길을 걸어갔다.

'달맞이길은 밤에 와서 봐야 하지 않냐'는 생각이 들었지만, 그런 것이 중요한 것이 아니었다.

둘의 머릿속은 졸업 후의 일로 가득 차 있었다.

진성은 민희에게 절대로 헤어지지 않을 것이라고 말했지만, 그건 모르는 일이었다.

사람 일은 모르는 것이었고, 몸이 떨어지는 만큼 자신의 마음도 식을까 두려웠다.

민희는 운동신경이 좋은 편이 아니었기 때문에 자주 눈길에서 미끄러졌고, 진성은 그럴 때마다 그런 그녀를 잡아주었다.

진성의 눈에는 민희가 너무 약하게만 보였다.

그녀의 몸무게는 40 킬로를 약간 넘는 수준이었고, 항상 행동이 느렸다.

정신적으로도 문제가 있었고, 사람을 많이 만나야 하는 사회복지 시설에 취직할 수 있을 것 같지도 않았다.

자신이 그녀와 같이 사는 미래는 찬란하게 빛났지만, 어쩌면 그것은 둘 다 힘들어지는 결말로 끝날지도 모른다는 생각을 했다.

둘은 언제 이름 점을 본적이 있었다.

진성과 민희의 이름을 넣고 궁합을 보는 점이었는데, 그렇게나 좋은 점괘가 많았는데도 둘에게는 '슬픈 사랑의 연속'이라는 점이 나왔다.

물론 진성은 그런 미신 따위는 믿지 않았지만, 자꾸만 마음이 꺼림칙했다.

사실 둘의 사랑만으로 결혼을 할 수 있는 게 아님을 자기 자신이 더 잘 알고 있었다.

그렇게 서로 사랑해서 멀리 떠나 둘만의 장소를 찾고, 모두가 반대하는 결혼을 하고 나서 헤어지는 것은 사랑이 변해서가 아니다.

현실적인 제약은 둘을 점점 옥죄고, 마지막에는 결국 서로의 행복을 위해서 이별을 선택하게 된다.

자기 자신도 그런 선택을 할까 봐 두려웠다.

둘이 아이를 낳고 쓰는 돈이 그들이 버는 돈을 넘고, 원룸의 유지가 간신이 되는 수준까지 떨어진다면, 삶의 질은 떨어질 것임이 명확했다.

문화생활 한 번, 해외여행 한 번은 꺼내기 힘든 단어가 될 것이었고, 아이나 배우자에게 쏟을 시간은 돈을 버는 데에 쓰게 될 것이다.

진성은 자신이 안정된 직업이나, 돈을 많이 버는 직종을 가질 가능성은 낮다는 생각을 했다.

졸업과 동시에 그 높은 고시라는 산을 넘지 못하면 땅으로 추락해서 허우적거리고 있을 것이었다.

그와 민희가 같이 사는 것은 너무나 먼 일이었다.

그렇게 자신이 민희와 만나는 것보다, 그녀가 다른 이를 만나면 더 행복할 수 있을지 모른다는 형편없는 생각에 그는 고개를 저었다.

자신의 앞날은 민희만을 위한 것이었다.

어떻게든 돈을 모으고, 어떻게든 집을 더 넓은 곳으로 옮기고 아득바득 발버둥 쳐서 그녀를 먹여 살려야 했다.

그렇지만 자꾸만 의구심이 들었다.

이대로 민희와 결혼해서 힘들게 사는 것이 둘을 위해 좋은 일일까 하는 생각이 자꾸만 솟구쳤다.

진성은 눈을 밟으며 좋아하고 있는 민희를 걱정스러운 시선으로 바라보았다.

그녀는 그의 마음을 모르는지, 아니면 알고 있음에도 걱정을 덜고 그 순간을 즐기고 싶은지 모르겠지만, 촐랑거리며 그의 손을 이끌었다.

그러다가 민희는 저 아래에 있는 눈에 반쯤 묻힌 철길을 발견했다.

"저기... 밑에 철도... 내려가 보자"

그녀는 왼쪽에 있는 비탈길 옆에 있는 버려진 선로를 가리켰다.
본래 버려진 철로에도 가려고 했었지만, 일정 때문에 포기하고 있었는데 어느 샌가 그들의 발걸음은 철로로 가고 있었던 것이었다.
눈이 내린 비탈길을 조심스럽게 내려가 철로 옆에 도착했다.
내려가는 과정에서 둘은 몇 번이고 미끄러졌기 때문에, 옷은 눈이 녹은 물기로 젖어갔다.
그렇지만, 이미 눈을 맞으며 걸어왔기 때문에, 아무렇지도 않았다.
저 멀리서 파도가 힘차게 바위를 내려치는 것이 보였고, 하늘에서 펑펑 내리는 눈은 그들을 덮어버리려고 작정한 듯이 둘 위로 떨어졌다.
갑작스럽게 나온 선로와 같이 둘은 갑작스럽게 만남에 인연을 이어갔고, 또 갑작스럽게 의도치 않은 이별로 가고 있는 것이었다.
둘은 고등학생 시절과 대학생활을 함께했고, 그가 써준 시처럼 삶의 숨결, 기쁨, 눈물까지도 함께했다.
그렇지만, 이제는 헤어질 때가 되었는지도 모른다.
둘 모두 그들의 앞으로의 생활이 달라질 것을 알고 있었고, 철로처럼 갑작스럽게 그들의 눈앞에 펼쳐질 것도 알고 있었다.
둘은 젊었다.
아마 서로와 헤어진다고 해도 아직은 새로 시작할 수 있을 것이었다.
둘은 손을 잡고 철도를 따라 걸었다.
철로는 어디까지 이어질지 몰랐고, 언덕을 넘으면 갑작스레 없어질지도 몰랐다.
그들의 삶도 마찬가지였다.
갑작스럽게 등장한 선로는 한순간을 계기로 사라져 버릴지도 몰랐다.

민희는 선로를 보면서 갑자기 든 암울한 생각을 떨쳐내려고 애썼고, 진성의 눈치를 살피었다.

진성도 생각에 잠긴 듯 하늘에서 떨어지는 눈과 철길을 보고 있었다.

민희의 손은 주머니에 넣었음에도 겨울바람이 계속 불었기 때문에 차가웠고, 진성은 장갑을 파는 노점상이 있으면 몇 만원쯤 한다고 해도 사주고 싶었다.

그는 차갑게 식은 그녀의 손을 '꼬옥' 잡고 말했다.

"난 널 만나서 행복해... 입시를 준비할 때도, 군대에 있을 때도 항상 삶의 위안을 받을 수 있는 사람이었어... 넌..."

그는 말문이 막히는지 잠시 말을 멈추고 떨어지는 눈송이를 바라보았다.

눈송이에는 그들의 추억이 섞여 떨어지고 있었다.

산책로에서 그녀가 걷던 걸 하염없이 쳐다보고 있을 때, 군대에서 무리해서 혼자 외박을 와준 그녀와 진성의 집에서 만나는 것을 금지당한 이후에 몰래 숨어서 만났던 것까지 눈송이에 박혀 떨어져 내렸다.

그리고 다른 눈에 섞여 하나가 되었다.

둘은 추억이 섞여 만들어진 눈덩이 같은 존재였다.

서로의 추억을 품고 살았고, 앞으로도 그럴 것이라고 생각했다.

진성은 민희의 검은 눈동자를 바라보았다.

볼살이 많아서 귀여운 얼굴형의 그녀는 그가 쳐다보자 눈치채고 고개를 돌려 올려다보았다.

민희의 검은 눈동자는 큰 편이었고, 검은 심연과 같았다.
희게 퍼져 있는 눈 때문에 눈동자의 검색 색조가 더 선명하게 보였다.
항상 그녀의 눈은 핏줄이 서 있은 적이 없었다.
그 건강한 눈을 보고 있으면, 언제까지라도 민희의 눈 안에 들어가 있고만 싶었다.
진성은 저 멀리 뻗어있는 철도의 끝을 쳐다보면서 말했다.

"사람 일은... 모르는 거라고 생각해, 한순간에 갑작스레 바꾸는 거고..."
"왜 그런 말을 해..."

진성의 말에 민희는 떨리는 칠흑 같은 눈동자로 그와 눈을 마주하고 보고 놀란 듯이 말했다.

"그래도, 나는 언제까지나 널 사랑하기 위해 애쓸 거야, 그 순간이 끝날 때까지"
"...끝나는 건 언제인데?"
"...그건"

졸업 후에는 지금처럼 만나지 못할 것이었기 때문에 마음이 심란했던 민희는 진성을 말을 듣자 불안한 마음이 솟구쳐 올라왔다.
진성도 이 순간에 꺼내면 안 되는 말이라는 것을 알고 아차 싶었지만, 민희의 검은 눈동자는 불안의 빛으로 물들어갔다.
그리고 그 사슴 같은 눈망울에서 눈물이 나오기 시작했다.
진성은 당황하여 그녀의 앞으로 와서 민희의 어깨를 잡고 다리를 굽혀 시선을 맞추었다.

민희는 추억이 뭉쳐 쌓인 눈들을 바라보며, 눈물을 흘렸다.
그리고는 곧 소리 내어 울었다.
그들 주위의 눈과 철도는 흐물거리며 녹고 있었고, 먹구름은 그 비극을 가리려는 듯이 시커멓게 하늘을 메우고 있었다.
진성은 다시는 그런 말을 꺼내지 않아야겠다는 생각이 들었고, 잠시나마 약한 생각을 했던 자신이 미웠다.

"미안해..."

진성은 조용히 말하고는 그녀를 품에 안았고, 그 따듯함에 그녀는 다시 녹아갔다.
민희는 한기가 도는 겨울바람을 막아주는 그의 등은 얼어있을 것이라는 생각이 들었다.
둘의 순정은 끝을 향해 달려가고 있었다.
눈은 추억은 안고 있는 그들을 묻어버리려는 듯이 위에 떨어졌고, 끝이 있는 철도와 같이 둘의 사랑도 끝나고 있었다.
민희는 지금 여기에서 철로의 끝이 보이지 않지만, 곧 끝날 것임을 알았다.
또, 그들의 사랑도 마찬가지로 종착역을 향해 가고 있는 것을 알았다.
둘은 그렇게 안고 먹구름이 안고 있는 눈이 전부 내릴 때까지 그렇게 그곳에 서 있었다.
저 멀리서 바위와 해변을 때리는 파도소리만이 둘의 귀로 흘러 들어왔다.

진성은 카페 안에서 숨을 몰아쉬며 둘의 과거를 회상하는 그녀를 담담하게 바라보았다.

그는 민희가 유대로 넘치는 카페 안에서 힘들어 하는 것을 알았다. 그녀는 일부러 주변을 둘러보지 않으려고 애쓰고 있었고, 다른 사람의 말하는 소리가 고통스러운 것 같았다.

아주 오래 전에 자폐증 환자의 시선을 바탕으로 만든 게임을 한 적이 있었다.

놀이터에서 노는 소녀를 조종하는 게임은 다른 이의 주변에 다가가면 그 위화감에 숫자를 세고, 시야가 고장 난 흑백 텔레비젼처럼 갈라졌다.

'삐' 소리와 기분 나쁜 노이즈 때문에 그 누구한테도 다가갈 수가 없었다.

민희도 아마 지금 그런 감정을 가지고 있을 거라는 생각이 들었다. 그리고 노이즈가 발생하지 않는 유일한 이인 자신을 만나기 위해 그 지옥에 있는 것이었다.

6개월 전만 해도, 이런 북적이는 곳은 오지 않았을 텐데, 아무런 생각도 없이 이런 곳에서 만나자고 한 자기 자신이 원망스러웠다. 그렇지만, 그 감정의 강도도 상당히 줄어있었다.

민희와 함께 사람들이 많은 놀이공원이나 극장에 가지도 못한 진성은 이미 한계를 느끼고 있었다.

민희는 진성이 입을 여는 순간만을 기다리고 있었다.

그리고 잠시 후, 진성은 둘만의 정적을 깨고 입을 열었다.

"난 널 만나서 행복해, 입시를 준비할 때도, 군대에 있을 때도 항상 삶의 위안을 받을 수 있는 사람이었어... 넌..."

그 말은 어딘가에서 들어 본 말이었다.

부산의 눈이 쌓인 철도를 걸으며, 그가 꺼냈던 말이었다.

그리고 그때와 같이 말을 채 잇지 못하고 그는 입을 닫았다.

민희는 그 뒤의 말은 6개월 전과 같지 않을 것임을 알았기 때문에, 차라리 아무런 말도 하지 않았으면 좋겠다는 생각이 들었다.

그의 앞에 있는 아메리카노에 있는 얼음이 녹아 흘러 '챙' 소리를 내며 얼음들이 위치를 바꾸며 가라앉았다.

민희는 그가 다음 말을 하기 전에 말을 해서 끊으려고 했다.

그렇지만 진성은 그녀에게 기회를 주지 않았다.

"미안해... 민희야"

"뭐가 미안해...? 뭐가?"

민희는 다음 말을 듣고 싶지 않았다.

벌떡 일어나 그의 입을 막아버리고 싶었다.

녹아내리던 시야는 그대로 그렇게 멈추었고, 머리가 '띵' 하고 비현실적인 느낌이 들었다.

그의 말 한마디로 자신의 삶이 산산이 부서져 버린 것 같이 느껴졌다.

죄를 지은 신은 어쩔 줄 몰라 고개를 돌려 커피가 담긴 유리잔이 담긴 책상만을 바라보았다.

민희는 울지 않겠다고 생각하고 왔는데 당장이라도 울음이 터질 것 같았다.

한 번 울음이 터지기 시작하면 모든 감정과 울분을 분출할 것 같았고, 그렇게 된다면 그와 제대로 이야기를 할 수 없을 것이었다.

카페에서 쓰러질 지도 몰랐다.

자신이 불량품이라는 것을 증명하는 꼴이었다.

그녀는 시야가 흔들리는 것을 느꼈고 창문 너머 저 멀리서 거대한 해일이 오고 있는 것을 느꼈다.

몇 분이 지나지 않아 카페와 모든 세상을 쓸고 내려가 버릴 것만 같았다.

짙은 푸른색의 파도는 이빨을 드러내고 미친 듯이 쇄도하고 있었다.

그리고 비가 한두 방울씩 차도와 건물들, 사람들 위로 떨어지고 있었다.

민희는 이것이 자신의 환상이라는 것을 알았다.

손이 벌벌 떨렸고, 그의 말에 대한 불안감으로 손이 떨리고 있었다.

호흡은 이미 불규칙적이었고, 뺨에 식은땀이 타고 내려갔다.

그가 이별을 말한다면, 그 파도는 자신을 덮치고 어디론가 끌고 가 버릴 것만 같았다.

그러나 진성은 그녀와 달리 쓸쓸한 표정을 짓고 누군가를 생각하고 있었다.

너무 익숙해져 버린 그녀와 달리 진성이 강사 생활을 하면서 만난 여자들은 옆에 있는 것만으로 생동감이 느껴지는 사람들이었다.

다른 이와 대화를 하고 생활을 하면서 민희가 너무나 자신에게 부족해 보였다.

그녀의 옆에 있으면, 자신도 사물들을 녹일 것만 같았다.

진성의 마음은 흔들렸다.

더 이상 민희의 목소리는 매력적이지 않았고, 사랑스럽기만 했던 그녀의 병은 크나큰 하자가 되었다.

그와 같은 학원에서 강의를 하던 소영은 진성의 부드러운 성격에

끌려 그를 떠보기 시작했다.

진성이 애인이 있다는 것을 알았지만, 그녀는 굴하지 않았고, 조금씩 다가와 그의 마음을 흔들었다.

주고받는 쪽지와 술자리에서 조금씩 마음을 열어갔고, 그의 마음을 조금씩 차지했다.

관능적인 악마는 진성의 몸을 파고들면서 속삭였고, 그는 악마의 꾐에 빠져 민희를 저버리기에 이르렀다.

몸이 멀어졌고, 연락도 잘 되지 않는 상태에서 이 정도 눈을 돌리는 것은 당연하다고 생각했다.

일이 많았던 학원 생활은 따분했고, 고시에 붙지 못했다는 절망감은 그를 괴롭혔다.

또한 사랑했던 이를 만나지 못함에서 오는 외로움과 집안의 반대를 뚫고 하는 사랑에 대해서 회의감을 느끼고 있던 찰나였기 때문에 그의 마음은 너무도 쉽게 흔들렸다.

영원하자고 했던 황금빛으로 빛나는 옛 맹서는 티끌이 되어 사라졌고, 님이 나를 보내도 나는 님을 보내지 않겠다는 의지는 이미 타버린 뒤였다.

소영은 진성보다 더 새하얀 피부에 올라간 눈을 가진 이였다.

코는 매력적이게 오똑했고, 키는 180cm 정도 되는 그보다 약간만 작은 모델 같은 몸을 가지고 있었다.

아버지가 부동산 사업을 한다고 한 그녀는 아버지에게 아파트를 한 채 받아 살고 있었다.

슈트를 입고 다니는 것을 좋아하는 그녀는 진성에게 다가와 불여우같이 꼬리를 흔들고 아무렇지도 않게 데이트를 신청했다.

진성은 선을 넘은 것을 알고 지금까지 있었던 일을 무마하고 싶었지만, 샘솟는 욕정과 청춘의 열기는 그를 놓아주질 않았다.

단체 회식을 한 뒤에 소영은 진성의 팔을 붙잡고 애교를 부렸고,

다른 술집으로 그를 이끌었다.

변명거리밖에 안 된다고 생각하지만, 사회생활을 하면서 오는 스트레스와 민희가 곁에 없는 것으로 인한 외로움은 그를 충동질했다.

진성은 그녀에게 끌려서 비싼 일본식 술집에 들어갔고, 다음에 팔을 잡혀 끌려간 것은 그녀의 집이었고, 침실이었다.

혼자 살고 있었는데도 소영은 집은 방이 3개가 있었고, 화장실은 두 개가 있었다.

거실에 있는 런닝머신과 싸이클, 그리고 선반에 장식되어 있는 와인들을 보면서 자신과 그녀가 사는 세상이 다르다는 생각이 들었다.

낯선 이의 집에 들어가 몸을 녹인다는 것이 왠지 모르게 꺼림칙했지만, 그의 마음에 이는 외로움은 그를 이끌고 들어갔다.

달빛은 그를 지켜본다는 듯이 빛나고 있었고 진성은 죄책감에 몸부림쳤지만, 조금씩 다가온 그녀의 유혹에 그는 녹아갔다.

고급 원단의 침대에 누운 그의 앞에 있는 것은 민희의 얼굴이 아니었다.

살짝 눈을 감으며 웃는 그녀의 얼굴이 점점 진성의 앞으로 다가왔다.

"소영씨 이건... 안 돼요"

진성은 침대에서 일어나려 했지만, 소영은 익숙하게 그의 가슴을 눌러 일어나지 못하게 했다.

소영은 진성의 슈트를 벗겨버리고 와이셔츠 단추를 하나씩 풀기 시작했다.

그는 무언가 일이 잘못되었다는 것을 알았지만, 이미 그는 소영의 손길에 몸을 맡기고 있었다.

민희의 얼굴이 앞에 그려졌지만, 자신이 겪은 외로움을 보상받는 것은 당연하다는 얼토당토않은 생각이 지금의 행동을 정당화하고 있었다.

진성은 이미 알몸이었고 소영은 복숭아 두 개를 부끄럼도 없이 그의 손에 내어주고 진성의 위에 올라왔다.

그리고 달리는 말을 타는 것과 같이 그의 욕정을 달래주기 시작했다.

진성은 이제는 아무것도 생각하고 싶지 않았다.

외로움도 사랑과 행복, 민희와 그렸던 미래도 이제 더 이상 생각하고 싶지 않았다.

그녀의 가슴이 이리저리 움직였고, 진성은 만족한 듯한 표정으로 소영을 쳐다보고 있었다.

그녀는 소악마처럼 꼬리를 움직이며, 진성의 욕정을 위아래로 타고 흔들었다.

그리고 그에게 가슴을 붙이고 흔들렸다.

진성은 그녀의 부드럽게 들어간 허리를 쓰다듬으며 욕정을 내뿜었다.

립스틱이 발라진 그녀의 입술을 진성의 입이 포개었고, 그녀는 진성의 입술을 깨물면서 빨아 당겼다.

이제 진성은 아무것도 알 수가 없었다.

그녀는 탐욕스럽게 그의 몸을 취하고 있었고, 귀엽게 들어간 소영의 배꼽과 고운 털 사이로 그의 욕정이 왔다갔다하는 것을 보면서 이젠 전부 상관없다는 생각이 들었다.

처음부터 그녀의 유혹을 거절했어야 했다는 생각이 들었다.

그녀는 그에게 엉덩이를 보여주고 그의 무릎을 잡아 다시 몸을 흔들기 시작했다.

진성이 정신이 아득해지는 것이 느껴졌다.

땀이 둘을 적셨고, 사랑의 물이 무릎과 배를 타고 흐르기 시작했다.

이 모든 것이 꿈이었으면 좋겠다는 생각을 했다.

저 위에 보이는 전등은 꺼져 있었고, 저 멀리 켜진 보조전등의 주황 불빛이 억지로 이 상황을 낭만적으로 보이게 하려는 듯 했다.

둘의 숨이 이리저리 부딪혔으며, 허리의 움직임은 더욱 격렬해졌다.

그리고 마침내 그녀의 관능적인 몸부림이 끝이 났을 때 사랑하는 민희와 같이 자신의 팔을 베고 누워 있었다.

이런 흉측한 사랑의 과정을 누구를 만나던지 다 똑같다는 생각을 했다.

그렇지만, 민희를 만났을 때와 같은 둘이 하나가 되어 녹아내리는 느낌을 들지 않았다.

무언이 부족한 것일까 하는 생각이 마음을 휩쓸었다.

소영은 그의 마음을 모르는지 그에게 안겨서 젖가슴을 대고 그의 얼굴을 어루만졌다.

진성은 무표정으로 그녀의 어깨를 안고 민희에게 하던 것처럼 이불을 덮어주었다.

얇은 주황빛 이불을 덮고 둘은 서로를 안고 잠이 들어갔다.

4칸이나 있는 그녀의 옷장이 저 뒤로 희미하게 보였고, 진성은 자기 자신이 혐오스러웠다.

신기하게도 다음날 직장에서는 아무렇지도 않게 둘은 인사를 주고받고 일을 했다.

가끔가다가 신경이 쓰여 서로의 모습을 한참동안이나 지켜보기는 했지만, 여느 때와 다를 것이 없었다.

허무한 것이 느껴졌다.

진성이 자신은 소영에게 특별한 사람이 아닌 것 같았다.

그저 거쳐가는 이 중에 하나였을지도 모른다.

그녀가 입고 있는 원피스는 그녀의 집에 갔을 때 본 옷이었고, 그녀의 옷 안쪽이 굴곡이 구체적으로 어떻게 생겼는지도 전부 알고 있었다.

그리고 자신이 지울 수 없는 잘못을 했다는 죄책감이 밀려왔다.

진성은 책상에 머리를 대고 소리 없이 울부짖었다.

민희에게 편지를 보내지 않은 지 몇 개월은 되어 있었고, 일이 바빠서인 것도 있었지만, 소영에게서 벗어나지 못하고 있는 것이 더 큰 원인이라는 것을 알았다.

하늘하늘한 그녀의 원피스가 그에게 다가와 장난을 치고 갈 때면, 다시 한 번 그는 미친 듯이 흔들렸다.

격정이 다시 한 번 불을 뿜었고, 7년 전 산책길에서 보았던 연정과 기쁨이 뇌를 타고 흘렀다.

소영이 올라간 눈으로 씽긋 웃고, 오늘 끝나고도 보지 않겠냐는 말을 하면 그는 더 이상 저항을 할 수 없었다.

또 한 번의 격정이 지난 후 소영의 체취가 가득 담긴 침대에 누워서 헐떡이고 있을 때 그녀가 말했다.

"우리 같이 살래? 누나랑 같이 살자, 짐 가지고와"

"집이 코앞인데... 무슨 핑계로 나와요?"

"이제는 부모님 밑에서 살 수 없다고 말해, 어른이잖아 나랑 같이 살면 집도 있는 거고... 같이 출근하고 퇴근하면서... 좋잖아?"

소영은 손가락으로 그의 가슴팍을 그으며 말했고, 진성은 이미 멀리 와버린 것을 알았지만, 민희가 생각났다.

그녀와 전화는 물론 메시지를 보낸 것도 많이 지나있었다.

종교 때문에 자신의 집에서는 그녀를 무척 싫어하는 눈치였고 대학교에 다니며 그녀를 만나는 것을 알았지만 어떻게든 넘어가고 있었다.

그렇지만 이제 그가 외출을 하면 그녀를 만난다는 생각에 가족은 진성을 압박해왔다.

그래도 몰래 나와 멀리까지 민희를 만나러 간 것이지만, 그녀는 더 이상 자신을 녹일 수 없었고, 더 이상 삶에 절대적으로 필요하지 않았다.

그런 생각을 하는 자기 자신이 역겨웠다.

민희는 자신과 헤어지면 혼자 관 안에서 녹아가고, 썩어가다가 말라 죽어버릴 것임을 알았다.

그녀와의 관계의 끝을 생각할 때마다 민희가 혼자 울면서 침대에 누워있는 것이 생각났다.

민희가 그의 안에 갇혀 있는 것이 아니었다.

진성이 그녀의 안에 갇혀 있었다.

입 밖에 꺼내지 않았지만, 소영도 그의 갈등을 어느 정도 알고 있는 눈치였고, 그래서인지 더욱 매혹적인 목소리로 그를 움직여갔다.

소영을 만나고 몇 달이 지나지 않아 2019년의 여름이 될 때쯤에는 그는 소영의 집에서 살고 있었다.

둘은 신혼부부와 다를 바 없이 함께했고, 세상은 그녀의 색채로 물들었다.

같이 텔레비전을 보고 소영이 모아 온 양주를 맛보았으며, 같이 운동을 하고, 같은 잠옷을 입고 잠들었다.

그의 오감은 그녀에게 빼앗겨 버렸고, 진성은 두 번째 사랑을 하고 있었다.

소영에게 안길 때마다, 점점 민희의 얼굴은 생각조차 나지 않았다.

그녀의 여자치곤 낮은 목소리도, 그렇게 약지 못하던 행동들도 더 이상 기억이 나지 않았다.

그리고 그의 부모님과 동생에게 소영을 소개시켜주던 날, 민희가 찾아온 것이다.

과일을 깎아 먹으며 거실에서 이야기를 하고 있던 그의 여동생과 부모님은 화기애애한 분위기로 이야기를 이어나가고 있었다.

오랫동안 알던 사이같이 소영과 자신의 가족들은 말이 잘 통했고, 사글사글한 그녀의 성격까지 더해 부모님은 흡족해하고 있었다.

소영은 자신에게 어울리는 사람이었고, 그를 녹이지는 못했지만 가지고 싶은 여자였다.

생기가 넘치고 항상 그를 즐겁게 해주는 그녀는 진성의 필요악이었다.

그리고 주거나 받거니 하는 말들 사이로 갑작스레 문을 두드리는 소리가 들렸다.

'쾅쾅쾅쾅'
"안에 있어!?"

그 목소리는 그토록 그가 사랑하던 이의 목소리였다.

직감적으로 그 목소리는 민희의 목소리라는 것을 알았고, 진성은 뛰쳐나가려하다가 멈칫했다.

가족들은 전부 그의 얼굴을 보고 있었고, 눈치가 빠른 소영도 밖에서 문을 두드리는 이가 누구인지 알고 있는 것 같았다.

'쾅쾅쾅'
"진성아!!!!"

진성은 굳은 얼굴로 고개를 떨구었고, 가족들도 어느 하나 입을 여는 이가 없이 침묵을 지켰다.

방금까지 좋던 분위기는 한 순간에 박살나버렸다.

밖에 민희가 찾아온 것을 알았지만, 자신은 나갈 수가 없었다.

이기적인 생각이었지만, 소영을 잃고 싶지 않았다.

민희는 자폐증으로 밖에 잘 나돌아다니지 못한다.

여기까지 오는 것은 정말 힘겹게 밖에 나와서 버스를 타고 시선을 피하며 필사적으로 왔을 것이다.

그렇지만, 자신은 나가서 그녀를 안아줄 수 없는 것이다.

소영이 싸늘한 눈으로 자신이 본래 진성의 주인인 것처럼 노려보고 있었다.

그녀의 올라간 눈이 그 순간만큼은 매우 두렵고 무서웠다.

그리고 몇 번이나 더 진성의 이름이 불리우고 문이 두드려진 다음에야 밖은 조용해졌다.

소영은 아무렇지도 않은 듯이 말을 계속했다.

"저희가 이렇게 가까워진 것도 아드님이 성격이 너무 좋아서 그런 거예요, 성격이 가정교육에서 나오는 거라잖아요"

"아가씨 성격이 좋아서 그런 거지 뭘 그런 말을... 호호호"

민희를 눈엣가시로 여기던 어머니는 소영을 만난 것이 잘 되었다고 생각하는지, 가식적으로 웃으며 그녀의 말에 맞장구쳐 주었고, 교회에 한 번 방문하는 것이 어떻냐고 하면서 아무렇지도 않게 이야기를 이어나가고 있었다.

진성은 눈 하나 깜짝하지 않고 이야기를 이어나가는 그들을 모습에 소름이 끼쳤다.

그리고 그의 관심은 밖에 있을 민희한테 밖에 없었다.

어머니와 소영은 모르지만, 그녀는 지금 한계일지도 모르는 일이었다.

좋지 않은 몸을 이끌고 여기까지 온 것이었다.

진성은 일어나서 방 안으로 들어가 버리고 싶었다.

죄책감과 온갖 감정들이 그의 마음을 옥죄고 있었고, 저절로 다리
가 덜덜 떨렸다.

자신은 죄인이었다.

죄에 반인륜적인 항목이 있었더라면, 자신은 아마도 감옥에서 평생
나오지 못할 것이었다.

그는 손이 떨리는 것이 느껴졌다.

밖에서 민희가 발작하고 있을지도 모를 일이었다.

그의 집 앞에서 7년 동안 사랑하는 이가 죽을지도 몰랐다.

그의 마음은 몇십 개의 조각으로 흩어져 몸속을 이리저리 움직이
고 있었고, 더 이상 속으로 민희의 이름을 부르는 것을 그만두었
다.

진성은 두 주먹을 불끈 쥐었다.

소영도 그의 어머니도 그를 곁눈질로 보고 있었지만, 그의 모습이
보이는 않는 듯이 말을 이어갔다.

소영은 자신도 전에까지 교회에 나갔다면서 영원을 말하고 있었고,
그의 어머니는 잘 됐다면서 이번 주의 주말에 그녀와 같이 못 박
흰 사내와 만남을 이야기했다.

둘의 그런 대화 속에서 진성은 처음으로 자신이 죽어가는 것을 느
꼈다.

민희가 항상 했던 산채로 썩어간다는 말이 어떤 것인 줄 알았다.

진성은 지금 급속도로 죽어가고 있었다.

그는 울음을 당장이라도 울음을 터뜨릴 것 같았다.

그녀가 계단에서 누워 배를 위로 제끼고 거품을 물면서 발작하고
있는 것이 머리에 그려졌다.

그리고 그를 지키던 신께 빌었다

그를 비웃는 신께 진성은 '그녀를 지켜주소서' 하고 수없이 되뇌었다.

신은 이 상황에서 아무런 도움도 주지 못했고, 아무런 말도 해주지 않았다.

소영과 그의 어머니의 말이 의식 저편으로 사라져가는 것이 느껴졌다.

이제 진성은 바닥만을 쳐다보면서 자신을 용서해달라고, 죽을죄를 지었다고 하면서 빌고 있었다.

민희는 창문 밖의 거리에 비가 퍼붓는 것을 보고 있었다.

거리를 적시기 시작한 시원한 장대비는 차와 가게들 위로 미친 듯이 쏟아 붓고 있었다.

그리고 우산을 가지고 오지 않은 사람들이 손으로 머리 위를 가리고 뛰어갔다.

지금 내리는 비가 그녀 자신의 상상인지 구분이 되지 않았다.

그렇기 때문에 민희는 날씨에 관한 이야기는 하지 않기로 했다.

카페에서 나오는 우울한 음악은 시끌벅적한 사람들을 지나 침묵을 지키고 이는 둘에게로 다가왔다.

다시 말을 꺼낸 것은 고개를 처박고 있는 진성이 아니라 민희였다.

그녀는 심호흡을 몇 번 한 뒤에 진성에게 갈라진 목소리로 '헉헉' 거리며 말했다.

"우리... 다시 시작할 수 있어, 아직 늦지 않았어..."

"...아니 늦었어... 우리 너무 서로 멀리 와버렸어..."

진성은 민희의 말에 담담하지만, 죄책감이 느껴지는 목소리로 말했다.

"왜 그렇게 나약한 말을 해? 아직 우리 둘이 만나고 있어! 우리... 아직이라고...."

민희는 자신도 모르게 목소리를 높이면서 그에게 쏘아붙였다.
땅을 치는 빗소리는 그들의 대화를 금세 묻어버렸다.
그녀는 숨을 몰아쉬고 있었다.
금방이라도 카페 바닥에 누워서 녹아 흐를 것 같았다.

"저번에 찾아왔을 때... 못 나갔어..."

진성은 민희가 화천에 찾아온 날, 안에 있으면서도 문을 열어주지 않았음을 고백했다.
그녀는 얼굴이 굳더니 울 것 같은 얼굴을 했다.

"나도 알고 있었어..."

그녀도 알고 있었다.
그래도 그의 입에서 그 말을 듣고 싶지는 않았다.
우유를 배달하는 구멍으로 보인 그 빨간 구두가 무엇을 의미하는지는 알고 있었다.
다른 이가 생긴 것이었고, 자기는 그의 축에서 뒷전이 된 것이었다.
민희는 입술을 악물고 울음을 참고 담담하게 이야기했다.

여기서 울어버리면 당장이라도 저 멀리 보이는 홍수가 자신을 집어 삼켜버릴 것 같았다.
자신이 화천이 전부 지진으로 인해 갈라지고 비가 오는 환상을 보았고, 그의 집으로 찾아갔는데 그가 나오지 않은 것은 역시 진성이 일부러 나오지 않은 것이라는 생각을 하고 있었다.
그렇지만 그것은 그의 입으로 직접 듣자 눈물이 왈칵 쏟아질 것 같았다.

"괜찮아... 그런 거... 바빴잖아... 알아"
"아니... 충분히 나갈 수 있었어, 근데 안 나갔어..."
"화가 났던 거지... 알아... 내가 연락도 안하고, 잘 만나지도 못하고 권태기라고 생각..."

진성은 그녀의 말을 끊고 소리치듯이 말했다.

"다른 사람... 와 있었어..."

민희는 계속해서 자기의 머릿속에 도출된 생각을 부정했지만, 진성의 말을 듣고 믿을 수 없다는 눈으로 그의 눈을 쳐다보았다.
자신과 헤어지기 위해 하는 거짓말이 아니라, 정말로 다른 사람이 생긴 것이었다.
민희는 놀란 눈으로 그의 뒤에 있는 배경을 응시했다.
그녀는 지금 이 공간을 잘라다 어디에 붙인 것 같은 느낌이 들만큼 아찔했다.

"미안해... 나도 그러고 싶지 않았어, 지금 내가 하는 말 변명으로밖에 안 들린다는 거 알아, 나도 알아... 나도. 나도 힘들어, 나도 왜 그랬는지 모르겠어... 정말..."

민희는 그 상태 그대로 굳어서 진성에게 아무런 말도 하지 않았다.
진성은 떨리는 음성으로 민희를 쳐다보지 못하고 바닥을 보며 말했다.

"우리... 너무 떨어져 있었어... 처음에는 어떻게든 이어갈 수 있다고 생각했는데... 그게 안 돼, 나도 내 마음을 모르겠어! 나도 날 모르겠어!"

진성은 민희를 보며 소리쳤지만 시끄러운 음악과 떠드는 소리에 아무도 그들에게 관심을 주지 않았다.
민희는 밖에 쏟아지는 빗물같이 물방울을 뚝뚝 흘리고 있었다.
진성은 차마 이런 그녀를 두고 밖으로 나가고 싶지 않았다.
그녀는 자폐증과 편집증이 있었다.
아마도 제대로 된 삶을 살 수 없을 것이었다.
그리고 그녀를 진정으로 사랑해주는 사람을 찾지도 쉽지 않을 것이다.
그런데도 자신은 민희를 버리고 떠나려는 것이다.
진성은 갈피를 잡지 못하겠다는 표정으로 고개를 저었고, 팔로 눈물을 훔치는 그녀의 모습을 바라보았다.
이렇게 감정이 격해지면 그녀는 안정제를 먹어야 했다.
그렇지만 그녀는 약을 먹지 않았고, 진성은 이제 떠나보내야 할 그녀를 걱정하고 있었다.
진성은 일어서서 그녀에게 다가갔고 그녀를 안으려고 했지만, 민희는 그의 손길을 거절했다.
그리고 그녀는 숨을 몰아쉬면서 비가 미친 듯이 쏟아 붓는 거리로 뛰쳐나갔다.

그가 말릴 틈도 없었고, 민희가 앉아있던 자리에는 자기가 맨 처음에 산책길에서 그녀에게 건넨, 구겨진 편지봉투가 있었다.

진성은 편지봉투를 주워들고 그녀의 이름을 불렀다.

그는 편지지를 폈고, 안은 몇 번이고 계속 펴본 흔적과 물방울이 떨어져 잉크가 번진 자국이 있었다.

아마도 민희는 약속장소에 올 때도 과거의 추억들을 보면서 걸었을 것이다.

"민희야!!"

그가 부르는 소리가 저 멀리서 들려왔지만, 그녀는 멈추고 싶지 않았다.

장대비를 온몸으로 맞으며, 저 멀리 해일이 건물들을 삼키는 것을 보면서 그녀는 뛰어나갔다.

그녀는 길을 잃었다.

그녀가 느끼는 불합리한 감정은 그녀를 더 압박했고, 안정제를 먹지 않으면 발작을 할지도 몰랐지만, 그저 달렸다.

회색빛 건물들도, 신호등과 차들도 모든 것이 녹아 흘러 그녀의 발에 채었다.

이렇게 심하게 녹아 땅 밑에 흐르는 것은 처음이었다.

저 멀리 뒤에서 진성이 쫓아오고 있었고, 민희는 그에게 잡히고 싶지 않았다.

항상 자신의 삶이 과연 어디까지 망가져 갈 것인지에 대해 체념하고 절망하고 있었던 그녀였지만 오늘은 자신이 생각하고 있는 것 그 이상이었다.

장대비가 쏟아지며 모든 것을 내리치던 오늘을 기억에서 지우고 싶었다.

그녀는 도로를 뛰어 그와 걸었던 살구나무 산책길로 들어갔다.

몇 번이나 발을 헛디뎠지만 민희는 아랑곳하지 않았다.

그녀의 앞머리는 젖어서 이마에 달라붙었고, 빗줄기는 그녀의 목덜미를 타고 흘렀다.

지금 비 따위는 아무래도 상관이 없었다.

이 상황에서, 오늘에서 아주 멀리 도망치고 싶은 마음뿐이었다.

진성은 그녀가 걱정되어 잡으러 달려갔지만, 민희의 등은 너무 멀리 보였다.

이렇게 그녀를 보내줘야 하나 하는 생각이 들었지만, 이렇게 보낸다면 남은 삶이 자기 자신을 용서하지 못할 것만 같았다.

발을 내딛을 때마다 튀는 모래 때문에 그의 바지는 점점 진흙이 묻어가고 있었고, 민희의 뒷모습은 아득했다.

그의 바지는 전부 젖어서 이제 조금 있으면 속옷까지 젖을 판이었고, 온몸이 젖은 것이 느껴졌다.

아마 민희도 자신과 비슷한 상황일 것이다.

푸른 살구나무 잎사귀들 밑에서 둘은 달리고 있었다.

살구나무 길을 걷는 것은 7년 전과 같았지만, 그때와 달리 서로를 바라보지 않고 뛰고 있었다.

또 사랑으로 걸었던 학교에서 그녀의 집까지 뻗어있던 그 길을 이제는 그에게서 도망치기 위해 달려가고 있었다.

민희는 살구나무들이 점점 녹아 흐려지는 것이 느껴졌다.

자신이 어디로 가는지도 모를 정도로 살구나무 길은 녹아서 이리저리 흘러 옆에 있는 하천으로 빨려 들어갔다.

그녀는 눈물을 쏟아내며, 그 추억이 쌓여 있는 거리에서 뛰고 또 뛰어갔다.

뒤에서 쫓아오던 진성은 위태롭게 달리던 민희가 넘어질까 걱정이 되었다.

그녀는 자주 넘어져서 다치곤 했기 때문에, 그녀의 이름을 불러 멈추게 하고 싶었지만 아무런 소용이 없었다.

숨이 찼는지 체력이 없는 민희는 금방 속도가 느려지기 시작했다.

그리고 그녀가 멈춘 것은 빗길의 차도였다.

진성의 10m 정도 거리 앞에서 민희는 차도에 서서 그를 바라보고 있었다.

수많은 차들이 그녀의 바로 옆을 지나갔고, 민희의 몸에 물을 잔뜩 튀기고 지나갔다.

차들은 차도에 서서 팔을 벌리고 있는 민희를 보고 경적을 울려댔지만, 그녀는 아무렇지도 않게 서 있었다.

민희는 숨을 몰아쉬면서 진성을 돌아보며 원망스러운 듯한 시선을 보냈고, 진성은 죽을힘을 다해 그녀에게 달려갔다.

"민희야!!"

진성이 민희에게 다다른 순간 그녀의 앞에서 차가 '끼익' 소리를 내면서 바로 앞에 멈추었다.

승용차의 운전자는 창문을 열고 뭐라고 욕지거리를 했다.

그녀의 눈에는 이 모든 광경이 녹아내리는 듯이 보일 것이었다.

진성은 차도로 내려가 민희의 손목을 낚아채서 인도로 끌어올렸다.

그녀를 칠 뻔 했던 운전자는 둘을 지나쳐 저 멀리로 사라져갔다.

"왜 차도로 나가? 죽으려고 그래?"
"이미 헤어진 사이인데... 죽든지 말든지 무슨 상관이야..."

민희는 젖은 머리를 제대로 넘기지도 않고 그를 보면서 소리쳤다.

그녀는 눈은 눈물범벅이었고, 원망스러운 듯이 진성을 쳐다보았다. 그들의 뒤로 차가 웅덩이의 물을 튀기며 쌩쌩 지나갔고, 빗줄기는 서로를 쳐다보고 있는 둘의 위를 떨어졌다.

진성은 이렇게 비를 오래 맞고 있었던 적이 없었다는 생각을 했다. 그는 민희에게 다가가 안았다.

그녀는 팔로 그를 계속해서 밀쳐내다가 얼마 지나지 않아 그를 받아들였다.

비가 쉴 새 없이 오는 거리에서 둘은 미동도 없이 그렇게 서 있었다.

비는 둘을 떼어내려는 듯이 그들을 내리쳤지만, 둘은 떨어지지 않았다.

둘은 부둥켜안고 온몸이 젖은 것은 신경도 쓰지 않은 채 격정적으로 입술을 포개었다.

저 멀리 차들이 웅덩이를 밟고 지나가는 소리가 들렸다.

민희의 입술은 한기로 물들어 있었지만 그의 입술이 녹여버렸다.

스쳐가듯 몰아치는 키스는 멈추지 않고 계속되었다.

겹쳐진 꽃잎은 녹아내리듯 섞이었다.

그리고 민희는 녹아내리던 사물이 더 이상 녹지 않는 것을 알았다. 녹아내리는 것은 자신이었다.

그의 품에서 또다시 녹아내리고 있었다.

진성은 그녀의 머리를 안고 속삭이듯이 말했다.

"미안해... 내가... 몰랐어, 곁에 있는 소중한걸... 몰랐어..."

그의 말은 빗줄기에도 묻히지 않고 선명하게 민희의 귀에 들렸다. 그녀는 대답 대신 그의 품에 얼굴을 묻고 더 파고들었다. 장대비가 거리를 적시고 있었다.

물웅덩이는 더 이상 녹지 않고 고여 있었고, 전신주도 바로 옆에 보이는 하천도 녹아내리지 않고 무탈하게 흘러가고 있었다.

민희의 숨은 안정을 되찾았고, 그녀가 있을 곳으로 돌아온 것이었다.

비에 젖어 차가웠던 몸이 다시금 따듯해졌다.

그녀를 덮치려던 해일도 지평선 끝을 바라봐도 온데간데없었다.

그제서야 진성은 그녀를 두고 떠나려고 했던 자신을, 그녀가 아닌 다른 여자를 탐했던, 그녀의 소중함을 잠시 잊고 있었던 자신이 부끄러워져 견딜 수가 없었다.

그는 민희의 어깨를 세게 감싸 안았다.

그렇게 변하지 않으리라 맹세한 커플링은 손가락에서 빠져 있었고, 자신이 언제까지 함께 하자고 약속했던 여자는 자신의 품에서 울고 있었다.

살구나무 거리는 그런 둘은 비웃기라도 하는 듯 비바람에 흔들리며 나뭇잎이 부딪히는 소리를 내었다.

그녀의 어깨 뒤로 보이는 하늘은 어둑어둑하고, 구름은 시커매 보였다.

그렇지만, 언젠가는 저 구름도 갤 것이었고, 그와 같이 둘도 힘든 시기를 보내고 나면 지금을 추억하며 갠 하늘을 바라볼 것이었다.

진성은 자신에게 안겨있는 그녀가 자신이 사준 머리끈을 하고 있는 것을 바라보며, 다시 한번 7년 전 그녀와 약속했던 살구나무 거리에서 다짐했다.

결코 무슨 일이 있어도, 그녀의 곁에서 같이 녹겠다고 말이다.

그리고 진성은 자폐증 따위는 없었지만, 자신의 그녀와 자신, 그들을 둘러싼 모든 것들이 녹는 것이 느껴졌다.

그것이 자신의 눈에서 흘러나오는 눈물 때문이라는 것을 알았다.

민희를 녹이는 것이 그밖에 없듯이, 진성을 녹일 수 있는 사람도 그녀밖에 없게 된 것이었다.

잠시 후, 둘은 흠뻑 젖은 채로 살구나무 잎이 떨어진 산책길을 걸어갔다.

7년 전에 둘이 그랬듯이 말이다.

그리고 살구나무 길은 다시 사랑으로 물들었다.

6개월이 지난 2019년의 겨울이 왔지만 민희는 여전히 관 속에 갇혀 있었다.

그녀의 삶이 흔들릴 일을 겪었지만, 마음의 불안은 잠시 잠들어 있을 뿐이었고, 진성이 옆에 있어주질 않는다면 바로 기어나와 그녀를 위협할 것이었다.

그와 사귄 연수는 이제 8년이 다 되어 갔고, 그들이 첫 데이트를 했던 크리스마스 날이 왔다.

민희는 그와의 기념이 다가오는 것도 그렇지만, 모두가 들떠 있는 연말 분위기가 좋았다.

이번 연도는 아무것도 하지 못하고 노모가 일을 하면서 점점 힘에 부쳐하는 것을 보고만 있었지만, 아직은 그녀가 해볼 수 있는 것이 많았다.

그녀는 몇 달 후 접어뒀던 사회복지사 시험을 앞두고 있었고, 후회하지 않을 정도로 시험을 준비하고 있었다.

시험이 요구하는 지식들은 복지사 일을 할 때 전혀 필요 없는 것이 대부분이었다.

그래도 상관없었다.

그 지식을 알고 있다는 것을 보여줌으로서 자격증이 나올 것이고, 자신이 가진 병력을 숨기고 그녀는 억지로라도 유대감을 쌓고 사회의 일부가 될 것이다.

민희는 처음 사회복지사의 꿈을 가졌을 때가 떠올랐다.

분명 그녀는 고등학교 1학년 때에 사회복지에 관련된 직업체험을 특강을 들으러 가서 복지사의 꿈을 가지게 되었다.

자기와 같은 심적 병을 가진 이를 돌보고 싶어서 사회복지사를 선택했다.

지금까지는 그 선택을 후회하고 있었지만, 이제는 시간이 얼마나 걸리든지 자격증을 따고 하고 싶은 일을 하고 싶었다.

시험에 떨어진다고 한들 다음이 있고, 옆에 그녀를 응원해줄 사람도 있었다.

진성은 1년간 돈을 꼬박꼬박 모았고, 민희를 만날 때마다 원룸이라도 구해서 살자는 말을 하곤 했다.

아직 둘이 같은 곳에서 시간을 보낼 순간은 멀었다는 걸 알았지만, 그의 말만 들어도 기분이 좋았다.

다른 사람을 만나서 진성이 한눈을 팔았다는 것이 가슴이 아프기도 했지만, 둘은 여전히 미래를 약속한 채였고, 그 약속은 견고하게 둘의 마음에 얽혀 있었다.

다시금 그녀는 자신의 본질은 '그를 만나는 것이 아닐까'하는 생각을 하면서 눈이 쌓인 거리를 지나 터미널로 그를 마중 나가고 있었다.

진성은 얼마 전부터 다른 곳으로 일자리를 옮긴다는 말을 계속 했고, 아마 직장에서 연애를 하던 이와 관계를 정리하면서 어쩔 수 없게 된 것 같았다.

둘은 분명 직장 내에서 티를 냈을 테고, 진성이 정리할 것을 요구하자, 둘은 얼굴을 보는 것도 싫었을 것이었다.

진성이 다른 이와 몸을 섞고, 웃으며 말하는 것을 상상하면 치가 떨렸지만, 끝내 자신을 선택해주었다는 것만으로 그녀는 만족했다.

길거리는 일주일 전부터 녹지 않은 까맣게 변한 눈으로 가득했으며, 그걸로도 만족을 하지 못했는지 하늘은 하얀색 눈을 아직도 뿌려대고 있었다.

민희는 구름이 잔뜩 낀 하늘을 쳐다보았다.

둘이 처음 만났을 때도, 졸업을 앞두고 부산에 갔을 때도 하늘은 시커멓게 물들어 있었고, 둘은 손을 잡고 있었다.

그들이 첫 데이트를 했던 터미널 옆에 있는 카페는 이미 없어진 뒤였다.

한 가게가 그들의 세월을 버티지 못하고 사라진 것이다.

그 카페에서 초콜릿 케이크를 먹곤 했는데, 다시는 그 가게에서 그 케이크를 먹지 못하게 된 것이다.

크리스마스를 맞아 사람들은 연인과 손을 잡고 나와 거리를 누비고 온갖 건물들이 밝은 조명으로 물들었다.

언제 가져다 놓았는지도 모른 크리스마스트리는 형형색색으로 밝게 빛나고 있었다.

그가 둘만의 기념일을 챙겨주지 않아도 좋았다.

단지 이날 자신의 얼굴을 봐 주기만 한다면 그걸로 만족했다.

민희는 사람들이 북적이는 터미널로 들어가 도넛가게를 지나고, 수제 햄버거가게를 지나서 버스 승강장 앞으로 걸어갔다.

신발에 다닥다닥 붙은 눈은 녹을 생각을 하지 않는 것 같았다.

위에 눈이 쌓인 버스들이 하나둘씩 들어오고, 화천이라고 쓰인 버스가 보이길 기다렸다.

이렇게 사람들이 많은 곳에 있었지만, 반년 전처럼 유대로 인해 사물이 녹아내리는 증세는 많이 호전된 상태였다.

진성은 한 달에 몇 번 오던 둘이 만나는 횟수를 늘려 일주일에 한 번씩 그녀를 만나러 왔고, 민희의 정신상태는 많이 호전되어 있었다.

안정제만 타 먹고 있을 뿐 제대로 된 치료를 받지 못했지만, 민희는 이 병이 마음에서 나오는 것임을 알았다.

자신이 이렇게나 큰 세상에서 방황을 멈춘다면, 그 증세도 사그라질 것이라고 생각했다.

자신이 모든 것이 녹는 환상을 보듯이 다른 이들도 타인에게서 스트레스를 받을 것이고, 세상에 대한 절망과 분노, 무기력함으로 인해서 고통스러워하고 있을 것이다.

또한 삶의 방황 속에서 우울함을 못 이겨하고 있을 것이고, 자신이 지금 사는 삶의 방식이 옳은 것인지에 대한 나름의 답을 내고 있을 것이었다.

그리고 궁극적인 답이 없고, 삶의 방황은 끝이 없다는 것을 알고 침대에 누워서 웃지 못하고 있을 것임을 알았다.

다만 자신은 그 정도가 조금 심한 것이라는 생각을 했다.

드디어 화천이라는 빨간 팻말이 붙은 버스가 들어오고 민희는 진성이 버스에서 내리기를 기다렸다.

한껏 차려입는 사람들이 하나 둘 내리고, 진성이 버스에서 내려왔다.

민희는 그에게 장난을 치고 싶어서 주먹을 내밀어 그의 배에 가져다 대었다.

진성은 그녀의 손을 막고, 민희의 옆으로 돌아와 볼에 입술을 대었다.

8년 전과 같이 둘은 다시 한 번 크리스마스에 터미널에 있었고, 할 일이라고는 영화를 한 편보고 미어터지는 식당에 가서 밥을 한 끼 먹는 것뿐이지만, 그걸로 좋았다.

세상은 단조롭고 따분하다.

그리고 진성의 옆에서 함께하는 것만으로 그 익숙함에서 조금 벗어날 수 있게 되는 것이다.

진성은 무엇을 많이 가지고 왔는지 버스 옆 트렁크에서 캐리어를 꺼냈다.

그는 검은 색 대형캐리어를 끌고 다른 한 손으로는 민희의 손을 잡고 승강장에서 나왔다.

눈 때문에 승강장 밖에서는 캐리어가 제대로 굴러가지 않자, 거의 들다시피 해서 승강장을 나왔다.

눈은 번쩍번쩍한 네온사인과 차들, 사람들 사이로 떨어졌고, 둘도 그 사이에 어우러져 걸어갔다.

다시 그들은 8년째의 추억을 쌓으려 하고 있었다.

둘은 아직까지 남아있는 일식집으로 걸음을 옮겼다.

여기는 그렇게 맛있는 편은 아니었지만, 8년 전의 정취를 느낄 수 있게 해주는 곳이었다.

둘의 앞에 돈가스가 나오고 둘은 나무 의자에 앉아서 서로를 바라보았다.

그렇지만 진성은 그의 앞에 앉아 있질 못하고 돈가스 접시와 식기를 그녀의 옆자리로 옮기고 그녀의 옆에 붙어 앉았다.

진성은 한술을 뜨고는 그녀의 손을 한 번 잡고 다시 한술을 떴다.

민희는 느꼈다.

죽어가고 있고, 썩어가고 있지만, 자신은 아직까진 살아 있다고 말이다.

"캐리어는 왜 들고 왔어?"
"...안 물어 봤으면, 끝까지 말 안 해주려고 했는데..."

그는 곤란한 듯이 캐리어를 조금 열어 민희에게 내용물을 보여주었고, 거기에는 옷가지들이 꽉 채워져 있었다.

"쟈기 집 근처에 원룸 잡았어... 앞으로는 거기서 지낼 건데... 너에게 하고 싶은 말이 있어"

민희는 그녀를 쳐다보는 그의 깊은 눈동자를 바라보았다.
그리고 그는 드디어 결심이 섰는지 민희에게 말을 이었다.

"거기서 같이 지낼래? 직장 옮긴다고 한 것도 더 이상 멀리 떨어지기 싫어서..."

그의 말이 끝나기도 전에 민희는 진성을 쳐다보고 고개를 끄덕였다.
언젠가는 그와 함께 가정을 이루어 그의 삶과 자신의 삶이 한데 어우러져 녹을 것이라고 생각을 하고 있었다.
그 날이 자신의 예상보다 더 빨리 온 것뿐이었다.
진성이 준비한 크리스마스의 선물은 그녀의 마음을 다시 한 번 흔들었다.
여전히 그는 민희의 축이 되어 자신을 이리저리 흔들리게 하고 있었다.

"평범한 원룸인데... 지금까지 모은 돈을 다 써서 보증금 내고 오늘에서야 들어갈 수 있었어"

그는 돈가스를 베어 물면서 말했고, 그의 목소리에는 그늘이 있다는 것을 알았다.
분명 집에서 세차게 반대했을 것이었고, 서울에 집을 구해 나간다는 것은 당연히 자신을 만난다는 것을 알았을 것이었다.
그런 집안의 반대를 뚫고 나온 것이었다.

민희도 그것을 알고 있었다.

그리고 그의 가족과 더 멀어지는 것은 싫었지만, 그렇다고 해서 그에게 돌아가라고 한다고 사이가 좋아지는 것은 아니었다.

"고마워..."

민희는 고맙다는 말 이외에 하지 않았고, 그는 그녀의 말을 듣더니 웃으면서 기뻐했다.

지금껏 자신을 외면하고 있던 절대자는 자신을 보기 시작했고, 그녀는 살아 있었다.

둘은 일식집에서 떨어져 있어서 그간 못한 이야기를 꽃 피웠고, 8년 전과 같이 다시 서로에게 첫눈에 반했다.

둘은 일식집에서 나와 몇 년이나 같이 걸어다녔던 시장 길을 걸어갔다.

닭강정과 호빵, 전병냄새가 섞여서 그들에게 다가왔고, 쉽게 바뀌는 세상에 둘만 남아 있다는 것을 알았다.

그 길로 둘은 눈을 헤치고, 눈을 맞으며, 민희의 집 앞으로 갔다.

낡은 아파트 단지는 그의 노모가 항상 말했던 아빠가 남긴 마지막 재산이었다.

그리고 20여년을 살던 집에서 나오는 순간이었다.

당연히 겁이 났다.

관에서 나와 생동감 넘치는 삶으로 들어가는 것이었다.

이제 그와 심하게 다툰다면 도망갈 곳은 없는 것이었다.

민희는 저녁때도 안 되어 현관문을 열고 들어온 그녀를 쳐다보는 어머니에게 말했다.

"엄마, 진성이가 이쪽에 있는 원룸으로 왔어요, 지금 나갈 거예요..."

노모는 잠시 상황파악이 되지 않는 듯 이불을 덮은 채로 민희를 바라보더니 웃으면서 말했다.

"딸아, 어떤 일이 있어도 포기하지 말거라, 삶은 어디선가 찾아오는 시련 같은 것이란다..."

어머니는 다 떨어져 가는 허름한 티를 입고 있었고, 여전히 부엌을 불만 킨 채로 텔레비젼을 보고 있었다.
노모는 때가 왔다는 듯이 그녀를 흔쾌히 보내주려고 했고, 민희는 방으로 들어가 밖에서 기다리고 있는 진성을 생각하면서 빠르게 가방을 싸기 시작했다.
진성이 예전에 써준 편지들을 바닥에 쏟아 붙고 시가 써져 있는 너덜너덜한 흰 편지봉투와 그가 둘의 기념일인 크리스마스 날마다 써주었던 편지들을 챙겼다.
그녀의 옷가지는 몇 개 되질 않았다.
민희는 속옷들과 집에서 입는 옷들 위주로 챙겼고, 간단한 세면도구를 가방에 넣었다.
가정을 이루는 것은 파괴와 생성이라는 말을 들은 기억이 났다.
가정을 이루기 위해, 부모님과 떨어져 가정을 부수고, 사랑하는 이와 다시 가정을 이루는 것이다.
막상 나가려니 두렵고 무섭기도 했지만, 진성과 동고동락하는 것은 그토록 그녀가 바라는 일이었다.
결국 지독하게 썩어가던 내 삶은 관 속에 넣는 살아 있다는 것을 알리는 종을 들은 누군가에 의해 밖으로 꺼내지고 있었다.
노모는 거실에서 민희가 짐을 싸는 것을 보고 있었다.

텔레비젼에서 시덥지 않은 것을 알리는 뉴스가 흘러나오고 있었고, 어두컴컴한 분위기는 그녀가 없는 이상 계속 될 것이었다.

이제 노모의 관에서 나가주어야 했다.

사실 그녀의 어머니도 다른 이를 만나길 바랐다.

그녀는 아버지 외의 다른 남자를 단 한 순간도 만나지 않았다.

그것이 이해가 되지 않는 것은 아니었다.

자신도 진성을 제외한 그 어떤 남자도 자신을 녹일 수 있을 것이라는 생각이 들지 않았다.

아마 그녀의 아빠만이 노모를 녹일 수 있었으리라는 생각을 했다.

민희는 책상 위에 올려진 안정제 통들과 아직도 그를 보지 않는 십자가에 매달린 사내를 내려 독서대 위에 올려 놓았다.

더 이상 그는 십자가에 매달려 고통 받지 않아도 되었다.

그와 결혼식을 올리게 되어 언젠가는 희고 긴 드레스를 입고 그의 앞에 서는 날이 있을지도 모른다는 생각을 했다.

그렇게 되기까지 이번 연도 여름에 있었던 일과 비슷한 일이 몇 번이고 있을지 모르는 일이었다.

그렇지만 상관없었다.

그런 일이 벌어질 때마다 보란 듯이 이겨낼 것이었다.

민희는 가방을 메고 짙은 녹색의 패딩을 입고 노모 앞에 섰다.

어머니는 연민과 가여움의 눈으로 그녀를 쳐다보았다.

그녀는 민희가 자신과 같은 일을 겪고 혼자 남게 될까 봐 염려하는 듯하였으나, 그녀에게 부정적인 말은 하고 싶지 않은 것 같았다.

노모는 일어나 몇 년 새 주름이 더 심해진 손으로 그녀를 감싸 안았다.

진성의 품과는 다른 따듯함이 어머니에게서 느껴졌다.

어머니는 걱정스러움에 민희의 머리를 계속해서 쓰다듬었다.

"나의 딸아... 사랑해..."

"...저두요 엄마, 할 수 있는 데까지 어떻게든... 살게요"

그제서야 노모는 딸을 손에서 놓아주었고, 민희는 또다시 그토록 무거운 현관문을 가볍게 열고 걸어 나갔다.

노모는 딸이 사랑하는 이의 관계에서 상처받고 방황할까 봐 두려웠다.

그리고 그녀가 가지고 있는 지병 때문에 마음이 놓이질 않았다.

노모의 볼에 눈물이 타고 흘러갔고, 몇십 년 전 그의 배우자의 모습이 어른어른 거리는 것 같았다.

그이도 분명 딸이 독립해 나가는 것을 좋아했을 것이다.

민희도 물이 눈을 적실 것 같았지만, 밖에서 기다리고 있는 진성의 마음을 아프게 하고 싶지 않았다.

언젠가는 나와야 했다.

현관문이 닫혔고, 문이 잠기는 소리가 났다.

노모를 관속에 넣고 자기만 기어 나온 것이다.

민희는 현관문을 잠시 돌아보았으나, 곧 엘리베이터를 타고 진성의 곁으로 갔다.

둘은 그녀의 집과 10분도 채 되지 않는 거리의 원룸가로 걸어갔다.

눈이 어느 정도 치워져 있는 큰 길과는 달리 관리가 잘 되지 않는 거리인 것 같았다.

밤에 여길 오게 된다면 얼마 보이지도 않은 가로등의 불빛에 의지해서는 어둠속을 나아갈 수 없을 것 같았다.

싼 값에 급하게 구한 집이었기 때문에 그렇게 큰 기대는 하지 않았고, 진성과 같이 있을 수 있다면 그곳이 그 어떤 곳이어도 상관없었다.

둘은 방 안에 들어가기 전에 편의점에 들려 간단한 음료와 샌드위치를 샀다.

진성이 잡은 방은 10년은 되어 보이는 빌라였고, 꼭대기 층이었다.

계단을 올라가면서 집집의 문 앞에 전단지가 지저분하게 붙어 있었고, 센서등은 반 정도가 고장나서 어둠이 잔뜩 깔려 있었다.

둘은 손을 잡고 더러운 계단을 올라갔다.

그리고 꼭대기 층의 문을 열고 새로운 관으로 들어갔다.

문을 열자마자 한눈에 들어오는 방이 보였고, 벽지가 뜯어진 곳이 눈에 들어왔다.

그의 큰 캐리어를 옆으로 누이고, 자신의 배낭을 내려놓고 눕자, 이불을 정리해 놓은 곳을 빼고는 좁은 공간밖에 남아 있지 않았다.

진성은 너무 작고 구질구질한 곳이라는 생각에 민희는 눈치를 보았지만, 그녀는 전혀 신경 쓰지 않았다.

천장에는 그녀의 방에 보이던 비현실적인 나비와 꽃이 아니라 생동감이 넘지는 새 한 마리가 그려져 있는 전등이 있었다.

진성은 화장실로 들어가 불을 켜 보았고, 불은 다행히 잘 작동하는 것 같았다.

그가 일을 하러 나가면 민희는 여기에서 갇혀 책을 보며 시간을 보낼 것이었다.

그녀는 벽에 기대어 앉았고 진성은 그녀의 무릎을 베고 누웠다.

아직 난방을 하지 않아서 한기가 둘의 몸을 타고 올라왔다.

진성은 자신을 내려다보고 있는 민희의 크고 깊은 눈망울을 바라보았다.

그녀의 깊은 검은자는 은하수의 별들처럼 반사된 빛으로 여기저기 반짝이고 있었다.

민희는 고개를 숙여서 그의 촉촉한 입술에 수줍게 입을 맞추었다.

그리고 잠시 입을 떼더니 눈을 감고 다시 입술을 깊게 포개었다.

그녀가 하는 키스는 상당히 서툴렀다,

"...그 사람보다 내가 더 잘하지?"

그녀는 진성을 놀리듯이 속삭였고, 그는 잠시 당황한 표정을 지었
다.
그러더니 그는 씁쓸한 웃음을 짓고 일어나 앉아 그녀의 매끈한 볼
을 쓰다듬었다.
민희는 그의 흰 얼굴빛을 쳐다보지 않고, 그의 품에 기대어 안겼
다.
하나밖에 없는 큰 창문 뒤로 맞은편에 있는 원룸 가가 보였다.
그리고 원룸가의 창은 일정한 거리를 두고 한 치의 오차도 없이
나열되어 있었다.
이런 규칙적으로 나열된 관마다 누군가가 살고 있을 것이라는 생
각을 하니 좀 답답하기도 했다.
둘은 이 작은 관 안에서 같이 썩어갈 것이었다.
그렇지만, 일 년이 지나건 삼 년이 지나건 같이 숨 쉬며 웃고 서로
를 느끼며 같이 녹아갈 것이었다.
둘은 이불을 깔고 마주보고 누웠다.
불이 꺼진 방 안에서 진성의 얼굴이 흐릿하게 보여서 표정을 알
수가 없었다..
그렇지만, 그가 미소짓고 있는 것을 알았다.
8년 전 산책길에서 자신을 보았을 때처럼 말이다.
그동안 둘에게는 많은 일이 있었고, 자잘한 싸움부터 그들의 삶을,
본질을 뒤흔드는 큰 싸움도 있었다.
같이 감정을 나눴고, 같이 서로의 시간이 가며 변하는 모습을 받아
들였고, 멀리 떨어졌음에도 불구하고 그 시간을 이겨내 다시 돌아

왔다.

민희는 자신이 죽어 썩어가고 있다는 것만이 아님을 알았다.

그렇게 썩어가고 그녀의 주변에서 녹아가는 온갖 사물들을 바라보면서 그녀는 진정으로 전등에 장식된 새처럼 자유롭게 살아가고 있는 것이었다.

그녀는 더 이상 자신의 주변에 있는 사물들이 녹아가는 것이 두렵지 않았다.

삶은 그녀에게 지나치게 따분하며 동시에 불안했지만 그것이 삶의 본질이라는 것을 알았다.

그 속에서 자신은 벗어날 수 없을 것이지만, 작은 관 안에서 썩어가며, 진성과 함께하면서 녹아갈 것이다.

그녀는 그에게 녹는다.

녹아간다.

-end

이 도서의 국립중앙도서관 출판예정도서목록(CIP)은 서지정보유통지원시스템 홈페이지
(http://seoji.nl.go.kr)와 국가자료종합목록 구축시스템(http://kolis-net.nl.go.kr)에서 이용
하실 수 있습니다. (CIP제어번호 : CIP2019030363)

너에게 녹는다

지은이 | 이창준 (한국 소설가 협회 정회원)

발행일 | 2019년 8월 25일
발행처 | 부코
ISBN | 978-89-90509-51-2   03810

출판 등록번호 | 제22-2190호
출판 등록일자 | 2002.08.07

홈페이지 | www.booko.kr
트위터 | @www_booko_kr

전화 | 010-5575-0308
팩스 | 0504-392-5810

주소 | 서울 서대문구 북아현동 3-68 부코빌딩 501호
메일 | bxp@daum.net

저희 출판사는 여러분의 소중한 원고를 기다리고 있습니다. 메일로 투고해주십시오.

백자의 사람

통산 200만부 판매 돌파!!!
이 소설로 인해 일본은
한국을 사랑하게 되었다.
한국의 흙이 된 일본인
전격 영화化 결정!
CJ Entertainment 배급!!
욘사마 배용준을 잇는
한류스타 배수빈 출연!!!
한국영화진흥위원회 선정
제1회 외국 영상물 로케이션
지원사업 대상大賞작 선정

천사의 눈물

좋은 일에는 마가 끼게 마련이고,
사랑에도 훼방꾼이 등장한다.
악마는 우리 주위에 도사리고
있다가 예측 못한 상황에서 우리
인생에 마수를 드리우곤 한다.
그 악마가 우리의 삶과 사랑을
한순간에 파멸시킬 수 있음을
천사보다 착한 여주인공은
모르고 있다. 결국 여주인공은
악마에게 영혼을 팔게 되고,
악마는 여주인공의 영혼
뿐만 아니라 몸도...